講談社文庫

戦《いくさ》百景

大坂冬の陣

矢野 隆

講談社

慶長19年（1614年）大坂冬の陣　布陣図

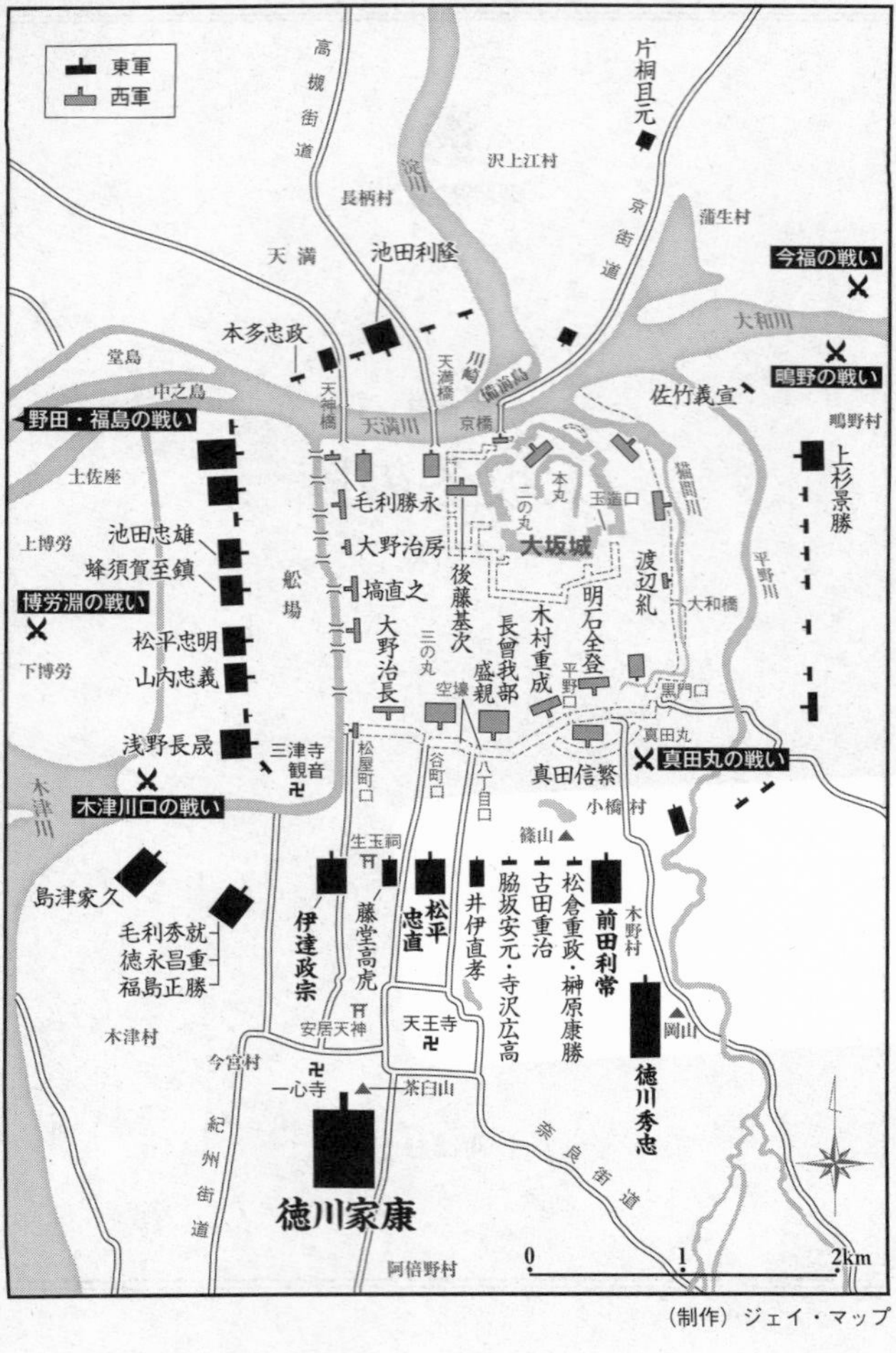

（制作）ジェイ・マップ

戦《いくさ》百景

目次

戦百景《いくさひゃっけい》　大坂冬の陣

壱　徳川家康

痩《や》せた胸が上下するたびに、乾いた唇からか細い息が漏《も》れる。

髑髏《どくろ》のごとき盟友の寝顔を枕元から見下ろしながら、徳川家康《とくがわいえやす》は胸中に去来する寂《せき》寥《りょう》の念に浸っていた。

かつては関白と呼ばれ、この国の戦乱を終息へと導いた盟友の命がいま尽きようとしている。目にも眩《まぶ》しい金色《こんじき》の襖《ふすま》に囲まれた大坂城の大広間にただ一人、布団に横になって眠っている盟友の眉間《みけん》には、哀れなほどに深い皺《しわ》が刻まれていた。

どれほどの悪夢を見ているのだろうか。

家康には知りようもない。

ただ、眼下で眠る男が殺《あや》めて来たおびただしい数の人の怨念を想うと、多少の悪夢などで晴れるような恨みではないことはたしかだった。日《ひ》ノ本《もと》を手中におさめ、絶大な権力を手にしたこの男は、みずからの意にそぐわぬ者を徹底的に粛清《しゅくせい》していった。

時には師と仰いだ者にさえ切腹を命じ、その木像に縄目を打って晒《さら》すという残虐な行いさえした。己が甥を殺し、その妻子を三条河原《さんじょうがわら》に引き据えて、甥の首の前で皆殺しにしたりもした。

冥府《めいふ》に片足を突っ込んだいま、彼の到来を心待ちにしていた彼岸《ひがん》の者たちが、向こう岸で待ってなどおれぬとばかりに夢にまで姿を現し、彼を苛《さいな》んでいるのであろう。

当然の報いじゃ……。

心の裡《うち》で家康は盟友に語りかける。

かつては対立もした。

ともに父や兄のごとくに仰ぎ見ていた男が家臣に殺された後、その仇《あだ》を討った盟友は、天下取りに名乗りを上げた。彼の勢いに負けてはならじと、家康もまた天下取りに手を上げた。

戦《いくさ》には勝った。

が……。

政《まつりごと》で敗けた。

朝廷に近付いたこの男は、豊臣《とよとみ》の姓を帝《みかど》から賜《たまわ》り関白の位を得た。人臣第一位の位である関白となったこの男は、その権威によって家康の頭を無理矢理押さえつけたのである。

その時以来、男は家康の盟友となった。

九州征伐、小田原《おだわら》籠城戦、奥州仕置《おうしゅう》きと続く天下一統への道程を行く盟友の隣で、家康はともに戦った。

そんな家康のことを、盟友もまた重く用いた。

関東二百四十二万石。

盟友が家康に与えた領地である。二百万石を越える大名は、日ノ本において家康ただ一人。それだけ盟友は、家康のことを重んじ、また誰よりも恐れている。

「ふごっ」

みじかい鼾《いびき》とともに、盟友の体がちいさく震えた。

「おぉ」

浅黒い瞼《まぶた》がかすかに開き、黄色味をおびた目玉が枕元の家康を見た。

「内府殿」

盟友が呼んだ。家康の官職である内大臣の唐名《とうみょう》である。

「太閤殿下」

言いながら家康はふくよかな頬《ほお》を緩ませ、うなずいた。

純白の褥《しとね》から枯れ木のごとき腕が伸びて来る。小刻みに震える骨と皮だけの掌が、家康を探す。十分な厚みをもった手でそれを包み込むと、盟友にむかって顔を寄せた。

「ここにおりまするぞ殿下」

「お、おぉ……」

泣きそうな声を盟友が吐く。瞳が潤んでいるのは、涙なのか、はたまた病ゆえなのか。いずれにせよ盟友は、弱々しいみずからの姿を隠しもせずに、冷たい手で家康の掌を握りしめる。

そんな二人の姿を家臣たちが見守っていた。

盟友の病が重篤《じゅうとく》であることを知っているのは、限られた者だけだった。この場にいることを許されているのは、盟友が心を許した数少ない家臣だけである。

居並ぶ男たちの先頭で、青ざめた顔が家康を睨《にら》んでいた。

石田治部少輔三成《いしだじぶしょうゆうみつなり》。

豊臣家の政を一手に取り仕切る知恵者である。武士として、将としての才には乏しいが、天下を差配することにかけては右に出る者はいない。

諸大名の筆頭である家康は、豊臣家の執政第一位のこの男に睨まれている。豊臣家の権威を簒奪《さんだつ》しようとしていると疑われているのだ。

知ったことではない。

刺さるような冷徹な視線を無視しながら、家康は盟友を見つめ続ける。

「どうか……。どうか……」

掠《かす》れきった声を盟友が吐いた。何事かを頼もうとしている。

これほど……。

家康は息が詰まる。

他者にこれほど弱みを見せる男ではなかった。家康の知っている盟友は、どんな時でも笑顔を絶やさぬ、見栄と意地だけで生きているような男だった。姓も定かならぬ百姓の家に生まれ、一生土とたわむれて生きることを拒み、下人として武家に紛《まぎ》れ込み、才覚だけで関白にまで伸し上がった男である。

並の才ではない。

己が、盟友と同じ境遇であったらと思うと、家康は身震いする。関白まで辿りつける自信がない。

三河の国人の家に生まれ、駿河《するが》の大大名今川《いまがわ》家の家人《けにん》同然の境遇から武士としての道を歩みはじめた家康も、境遇という意味においては決して恵まれていた訳ではなかった。二百四十二万石の大名であり、帝から内大臣という職を承った。家康だって、誰もが羨《うらや》むほどの立身出世を遂げている。

それでも、この男には敵《かな》わない。

豊臣秀吉《ひでよし》……。

猿のような顔をしたこの男には、逆立ちしても敵わない。

家康が心底から敗けを認めた男は、秀吉だけだ。この男の主であり、家康のかつての盟友であった織田信長《おだのぶなが》でさえ、家康は心のどこかで嘲笑《あざわら》っていた。兄のように慕っていたし、苛烈なまでの決断力と、容赦のない戦ぶりを尊敬もしていた。だが、信長は秀吉ほどの逆境から這い上がった訳ではない。

いつの日か必ず……。

信長に頭《こうべ》を垂れている時、家康は心のどこかでそう思っていた。織田家に成り代わって徳川が天下を統《す》べる。その機をうかがっていた。

信長には勝てる。

根拠は無かったが、家康は常に漠然とそう思っていた。

昔を思い出し、ついつい盟友の手を握る指に力が籠《こも》る。

「内府殿」

家康の両の掌に包まれたままの指を肉に喰い込ませながら、秀吉がふたたび呼んだ。無言のまま微笑《ほほえ》んで力強くうなずき、家康は盟友の言葉をうながす。

「秀頼《ひでより》を……」

盟友が涙声になる。

「秀頼を頼みまする」

豊臣秀頼。

老い先短い秀吉が、無理矢理元服させた息子の名である。元服の際、秀頼はまだ五歳だった。元服には早すぎる歳だ。あれから一年経《た》ち、秀頼は六歳になっている。が、まだまだ母の手から離れられぬ幼子だ。

盟友の心残りはこの六歳になる我が子であった。

「承知仕《つかまつ》りました」

すでに幾度も吐いた言葉を、家康ははじめて言ったかのごとく口にした。

目を覚ますと秀吉はかならず、秀頼のことを頼んだと口にする。その度に家康は先の言葉を繰り返す。そんな問答がすでに半刻《とき》あまり続いていた。

辞去しようとすると秀吉は目を閉じて、眠り始める。起こして心身に負担をかけてはならぬと、黙って目覚めるのを待つ。その繰り返しでかれこれ半刻あまり、こうして枕元に座している。

枯れた手を両手で握りしめ、左右にちいさく揺らしながら、家康は笑う。

「御案じめさるな太閤殿下。秀頼様のことは、この家康めが、身命を賭《と》して御守りいたしまする。秀頼様がおられる限り、豊臣家は安泰にござりまする」

だから……。

さっさと死んでくれ。

笑みのまま心の裡で盟友への毒を吐く。

敵わない。

この男には一生かけても追いつかない。

そんな秀吉だからこそ。

大きな大きな目の上のたんこぶだった。

この男さえいなければ……。

幾度思ったことか。

豊臣秀吉という男が尾張《おわり》の片田舎《かたいなか》で生まれてさえいなければ、家康は今頃天下に覇を唱えていたはずである。

明智《あけち》光秀《みつひで》、島津《しまづ》義弘《よしひろ》、北条《ほうじょう》氏政《うじまさ》……。

秀吉以外に家康の敵になる者などいはしなかった。

死ね。

死んでくれ。

念じながら骨と皮を握りしめる。

「頼みまするぞぉ内府殿ぉ」

か弱い声が震えている。もはや、眼下の老いぼれは、家康が狂おしいほどに憧れた男ではなかった。

猿だ。

老いさらばえた哀れな猿だ。

乾いて黒くなった猿の目尻から涙の滴《しずく》が零《こぼ》れ落ちる。次から次へと溢《あふ》れる涙が、流れとなって枕を濡らす。

「内府殿だけが頼りなのじゃ」

見ていられない……。

家康は瞼を堅く閉じる。一段低くなった下座から見守る猿の家臣たちには、哀願する主の言葉を受けて家康が涙をこらえたように映ったことだろう。だが、本当はこれ以上ひと時たりとも、この男を正視することができなかったのだ。年老いてできた我が子のことを心配するあまり、かつて敵であった男に死の間際まですがりつく。そうしなければみずからが一代で築き上げたこの家を守れぬことを、戦国の荒波を潜り抜けてきた秀吉は痛いほどわかっているのだ。

誰が簒奪者になるのか。誰を味方に引き込んでおくべきなのか。

家康が与《くみ》すれば、豊臣家は安泰だ。が、もし家康に簒奪の意思があれば、豊臣家に従う家臣たちは割れる。

六歳の我が子を主として、家康をはじめとした大名たちが支える。それが秀吉の望む、己が潰《つい》えた後の天下なのだ。

「内府殿ぉ」

返事が無いことに不安になったのか、盟友が情けなく言った。

盟友……。

いや。

この男は、もはや家康の盟友などではない。

我が子可愛さのあまり、己が天下人であることすらも忘れてしまった哀れな老いぼれである。

腹の底に気を込めて、ふたたび瞼を開いて秀吉を見下した。

「御案じ召されまするな太閤殿下。幾度も申しまする。某《それがし》の目が黒いうちは、秀頼様に逆らう者は決して許しませぬ。豊臣家は末代まで安泰にござる。さぁ、心安らかに御眠りになられませ」

乾いた手を薄い胸に置いてやる。骨ばった甲をやさしく撫《な》でて、微笑のまま耳元に唇を持ってゆく。

「また参りまする」

「おぉ……、内府殿ぉ。秀頼、秀頼を……。御頼み申しまする……」

深く一礼をし、秀吉の言葉に答えず立ち上がる。そのまま背をむけ、二度と上座に目をむけることは無かった。

この日が、息をする秀吉を家康が見た最後となった。

目を開き、鼻からゆっくりと息を吸う。

こんな時に嫌なものを思い出すものだ……。

溜息とともに心につぶやいた。

広間の縁に座し、家康は己が頰を叩《たた》く。年老いて脂《あぶら》が落ちてもなお、ゆるい膨《ふく》らみを帯びた頰が、掌が触れると同時に湿った音を鳴らす。顎《あご》の辺《あた》りに寄った皺が、みずからの老いを容赦なく知らしめる。

齢七十。

還暦《かんれき》を十年も越え、なお壮健そのもの。年を取ったとはいうものの、心の張りだけは若い者にはまだまだ負けていないという自負がある。

それでも……。

体には確実に死が忍び寄っている。漠然とした黒い気配のような物は、どれほど体に気を配っていても、拭《ぬぐ》い去れるものではなかった。

「うぅむ」

胡坐《あぐら》をかいた両足の間にせり出した腹の肉を擦《こす》りながら唸《うな》る。長い間、座っていると背骨のあたりの肉が堅くなって、次の動作に入るのが億劫《おっくう》になる。立ち上がろうとしても、誰かに手を貸してもらわなければ、ふんばりが利かずに腰を上げる事すらできない。

肉が堅くなった。節々の油が切れて、肘や膝が思うように動かない。息をすれば痰《たん》がからむ。若い頃とは違い、言葉が次から次に出てこなくなった。

年を追うごとに、己が生き物から肉の塊《かたまり》へと変貌していっていることを、非情なまでに感じてしまう。

「大御所様」

背後から聞き慣れた声がした。

京、二条城《にじょう》の広大な庭から目をそらし、肩越しに広間のほうに目をむける。広間の端に、脂の乗り切った壮年の侍が静かに座していた。みずからがまだ青年であった頃から重用している男の息子である。その男はいま、家康の息子の側に仕えていた。そして男は我が子に、家康に侍《はべ》るよう命じたのである。

「どうした正純《まさずみ》」

壮年の男の名を呼んだ。

本多《ほんだ》正純。

徳川家きっての謀臣、本多正信《まさのぶ》の嫡男である。

主に問われた正純は、静かに膝を滑らせて少しだけ間合いを詰めた。そして、目を伏せたまま、縁の板目を虚《うつ》ろに眺めながら涼やかな声を吐く。

「四半刻ほどで秀頼様が御越しになられるとのことにござります」

「そうか」

短く答え、家康は体をまわして庭に背を向ける。両手を床板につき、みずからの体を回すだけなのに、倒れぬように足腰に力を込めなければならない。家臣と正対するだけでひと苦労である。疲れが小さな呼気となって、かさかさの唇から洩《も》れ出した。

主の老いに気付いていないというように、正純は顔を伏せたまま言葉を待ってい
る。家康は胸を張り、真っ白に染まった髭《ひげ》をゆるやかに動かした。

「其方、いくつになった」

「四十七にござります」

「信長公が死んだのは四十九であった」

「あと二年にござりまするな」

己が生と結びつけることなく、正純は淡々と答えた。動揺させようと思ったわけで
もないから、関心を示さない腹心の態度に苛立《いらだ》ちはない。

「秀吉殿は六十二であられた」

正純は無言のまま主の言葉に耳を傾けている。

「儂《わし》は秀吉殿より八年も長く生きておる」

「大御所様には、まだまだ長生きをしてもらわねば困りまする」

軽薄な世辞を口にする男ではない。心底からそう思っているのだ。

家康が征夷大将軍になってから八年。息子の秀忠《ひでただ》に将軍位を譲ってから六年の歳月
が経った。日ノ本の大名たちは徳川家への臣従を誓い、天下は静謐《せいひつ》に治まっている。

それでも、徳川の治世はまだまだ盤石《ばんじゃく》とはいえなかった。

西国に蟠踞《ばんきょ》する豊臣恩顧の大名たちにとって、大坂城を居城とし摂津《せっつ》、河内《かわち》、和泉《いずみ》三ヵ国を領する豊臣家とその惣領たる秀頼は、徳川と並び立つ一方の主であった。十一年前の関ヶ原《せきはら》の戦いの折に、家康に与した者たちの多くが西国に所領を得た後も、大坂の秀頼への臣従を隠そうともしない。加藤清正《かとうきよまさ》、福島正則《ふくしままさのり》、浅野幸長《あさのよしなが》など、将軍家である徳川に対する遠慮はありつつも、みずからが豊臣の臣であることを誇りとする者は多かった。

一門や譜代の家臣たちの所領の多くが東国に固まっている徳川家と、大坂の豊臣家の仲がこじれれば、ふたたび日ノ本はふたつに割れかねない。

西国の大名たちが、心中では豊臣家をこそ主と思っていながら、徳川に頭を垂れているのは、家康という重石《おもし》があるからだ。当主を務めている大名たちの多くが、家康の武将としての力量を認めている。みずからより年嵩《としかさ》であり、戦国の世がまだまだ混迷を極めていた頃より戦場を駈け巡っていた家康に彼等が心服しているからこそ、たとえ徳川家に不満があっても、兵を起こそうとはしないのだ。

家康には敵わない……。

鼻息の荒い西国の大名たちの骨の髄に、家康の強さは刻まれている。

だから、家康には長生きしてもらわなければ困ると、追従《ついしょう》でなく正純は本心から言ったのだ。

「遂に秀頼めが来るか」

「はい」

腹心が深くうなずく。

家康は此度《こたび》の上洛に際し、大坂城の秀頼に対して京都での面会を求めた。筋目を語るならば、家康はいまだに豊臣家の臣なのである。

関ヶ原の戦いの時には、家康みずからが豊臣家の臣として旗を振った。あの戦で徳川に与した大名たちにとっても、家康が豊臣の臣であることは無論のことであり、徳川家のために戦った者など一人もいなかった。

戦の後、豊臣家が世襲すると思われていた関白に、摂関家の九条兼孝《くじょうかねたか》が任じられ、その三年後、家康が朝廷から征夷大将軍に任じられると、両家の立場が微妙にねじれ始めた。すでに、官位の上では家康は秀頼の上位にある。関白でもない秀頼に臣従する大義はなくなった。それでも、豊臣家をないがしろにするわけには行かず、他の大名家とは別格の位置に据え、諸大名に命じる天下普請《ぶしん》などからも豊臣の名は除外した。それだけではなく、天下普請であった江戸城の築城の際には、八人任じた奉行のなかに、豊臣家からも二人出してもらい、諸大名の監督にあたらせもした。

豊臣家は別格である。

徳川家が率先してそう天下に喧伝《けんでん》することで、西国の豊臣恩顧の大名たちの機嫌を取ってきたともいえる。

当然、秀頼の扱いにも細心の注意を払った。

家康は、息子であり二代将軍である秀忠の娘、千《せん》姫を秀頼に嫁がせ、両家の縁を結んだ。秀吉の側室であり、秀頼の母、淀《よど》の方《かた》の顔色をうかがい、極力豊臣家への干渉を避けた。

徳川家は豊臣家の臣である。すでに実力では下風に付くしかなくなってもなお、淀の方を筆頭にした豊臣家の者たちは、そう言ってはばからなかった。

家康は六年前に京に上った際にも、秀頼に上洛を勧めた。孫娘の夫である秀頼と対面して、両家の友好を天下に示そうと考えた上でのことだったのだが、淀の方に強硬に拒まれて叶《かな》わなかった。

「あの女狐め。ようやく観念しおったか」

正純に語りかけるでもなくつぶやいた。

織田信長の妹、市《いち》の娘である淀の方は、近江《おうみ》の大名、浅井《あざい》家に生まれた。みずからは織田家と浅井家の血筋を受け継ぎ、その子である秀頼は、秀吉の血を引く豊臣家の惣領《そうりょう》である。

故に。

人一倍気位が高い。

まだ年若い秀頼ではなく、この淀の方によって豊臣家は切り盛りされている。それは、天下の誰もが知る事実であった。淀の方が首を縦に振れば叶い、横に振れば叶わない。大坂ではそれがまかり通っている。

主の心の裡をおもんぱかるように、正純が声を落としてささやく。

「さすがに世の移ろいから目を背けることはできぬようになったのでしょう」

腹心の言う通りだった。

関ヶ原から十一年。

世は確実に変わってきている。

秀吉の恩を受けた者たちも年を取り、国の切り盛りは若き子等が行いはじめていた。まだまだ子には敗けぬと息巻く者も多いが、彼等も家康と同じく年を取り、老いを感得する年頃である。将軍家として実権を保つ徳川と、かつての威勢と親たちが受けた恩という名目だけで立っている豊臣を子等の目から見ると、いずれに与するのが得策かは一目瞭然である。両家を並び立たせて崇《あが》めようという者は皆無であるに違いない。

もはや豊臣家は、みずからに恩義を感じる者たちを頼っていても、かつての力を取り戻すことはできない。

起死回生の手はひとつ。

成長した秀頼がふたたび関白の座を得ることだ。

「孫はいくつになった」

秀頼は孫の夫である。したがって、家康にとっては義理の孫ともいえた。そのあたりのことは、正純には言わずとも通じる。

「十九にございます」

秀頼の年が簡潔な言葉として返ってきたのに、満足して言葉を重ねる。

「十分ではないか」

「ですが……」

家康の意図を汲み、有能な腹心は目を伏せたまま続けた。

「いま秀頼殿を関白に任ずることが、日ノ本の武士にとって如何《いか》なる事態を招くのか、その程度のことは朝廷も重々承知いたしておりましょう」

関白の座を秀頼が得るということは、これまで微妙な均衡を保ちながら存続していた徳川と豊臣の立場のねじれに、強烈な一撃が加わるということである。

関白豊臣秀頼につくか。

将軍徳川秀忠につくか。

日ノ本の大名たちは選択を強いられることになる。

また日ノ本はふたつに割れる。

そして……。

その時、徳川が必ずしも優位であるとは限らなかった。

家康という重石はいつまであるかわからない。七十になったいま、いつ何時この命が潰えるかわからないのだ。

秀忠では心許ない。

関ヶ原の戦の折、秀忠は信州上田《しんしゅううえだ》の真田昌幸《さなだまさゆき》に足止めをくらい、致命的な遅参をした。結果、家康は諸大名の力を借りて辛くも勝ちを得た。勝利のために奮闘してくれた豊臣恩顧の大名たちに広大な領地として恩賞を与えなければならず、西国が豊臣恩顧の大名で占められるという今の事態を招いてしまった。

もしもあの時、秀忠が徳川の主力三万八千騎とともに戦に間に合っていれば……。

十一年経った今なお、豊臣家にこれほど大きな顔をさせていなかったはずだ。

かりっ……。

口許で鳴った堅い音を耳にして、家康はみずからが親指の爪を噛《か》んでいることを知った。忘我の思惟《しい》に耽《ふけ》る時、家康は爪を噛む癖があった。

「秀忠め」

くるりと体を回してふたたび庭に顔をむけると、口中の爪を芝の上に吐いた。思ったよりも勢いが無く、三日月の形をした黄色い爪は、一度庭石を叩き、その弾みを借りて庭の芝のなかに消えた。

家康の思考は目まぐるしく回る。その度に口から洩れる言葉の断片を、正純は器用に推し量って、絶妙な相槌《あいづち》を打つ。

「もはや秀頼殿の関白任命はござりますまい。秀忠様でも十分に天下を治めてゆけましょう」

「御主の父がおるからな」

「そは、また別の話にござりまする」

頼りない息子の謀略の支えとして、家康は懐《ふところがたな》刀ともいえる正信を江戸に遣わしたのであった。子の正純も才走った良い働きをしてくれるのだが、やはり長年共にいた正信ほどの勘働きは望めない。

実は、関白任命という話ではないのだ。

秀頼という男が、どれほどの器を有しているのか。

根源の問題はそこにあるのだ。秀忠より器が大きかった場合、関白に任命されずとも豊臣家の惣領であるという時点で、秀頼には人が集まる。

結局、人は器なのだ。

秀吉がそうではないか。

名もなき百姓であった秀吉が、その器だけで関白の地位まで登りつめたのである。その子である秀頼は、関白に任命される資格のある豊臣家の惣領なのだ。器さえあれば、秀吉ほどの尋常ならざる努力などいらずに、容易に人が集まってきて、御輿《みこし》として担いでくれる。そうなった時、秀忠以上の器であれば、いまの均衡など簡単に崩れ去ってしまう。

現在の均衡は、家康という器で保たれているのだ。

器……。

天下は身分や家格で定まるのではないのだ。

〝この男には敵わない〟

結局、そんな単純な想いの果てに、人は他人に頭を垂れるのだ。どれだけ培《つちか》われた権威が大きかろうと、器の小さな者には人を従えるだけの力はない。だから、代を重ねるうちに、器ではなく権威のみで人を支配する機構が築かれてゆく。徳川家も三代四代と代を重ねてゆけば、次第に当主の器が問われずとも済む機構が出来あがって来るだろう。

まだ早い。

いまはまだ、当主の器が問われてしまう。

秀忠では心許ない。

だからこそ、なんとしても秀頼に会っておきたかった。十九。器量をうかがうには十分過ぎる歳だ。

「殿」

剣呑《けんのん》な眼差しを庭にむけていた家康の背を、正純の声が撫でる。気配がふたつに増えていることには気づいていた。近習《きんじゅ》がなにかを報せてきたのだろう。腹心の方を見もせずに、家康は静かに声を吐く。

「ん」

「秀頼殿が参られたようにございます」

「わかった」

胡坐の膝に手を添えて、縁から尻を浮かせようと腰に力を込める。

重い……。

己の体はこれほど重かったか。

気合の声を吐くのも億劫だった。

「大丈夫じゃ」

手を貸そうと立ち上がった正純を、声で止める。いつもならばこの時点で、己よりも若き腹心の手を取って、立ち上がる。だが、今日だけは己の力で立ち上がりたかった。

ゆっくりと腰を浮かせ、右足の裏を床に付ける。磨き上げられた板のひやりとした感触に、すこしだけ体を震わせ、鼻から息を吐きつつ、左足も床に付いた。

「ふぅ……」

丸めた唇から息が漏れる。曲がった背を、腰に手を当てながら伸ばす。

死……。

老いという被膜の奥から、黒々とした気配が家康を見つめている。

「まだまだ……」

薄膜のむこうから己を覗く漆黒《しっこく》の獣《けもの》に告げてから、家康は若き大坂の主をむかえるために、正純の背を追った。


芝生で彩られた庭のなかを突っ切る一本道を、青年が静かに歩いて来る。

隣に従う偉丈夫は、秀吉の母の従姉妹《いとこ》を母に持つ九州熊本《くまもと》一国の主だ。男は当然、武家の棟梁《とうりよう》である征夷大将軍、徳川秀忠への臣従を誓っていた。徳川家の権威を後ろ盾として、熊本を領有しているのだから当たり前である。

加藤清正。

かつての豊臣家の家臣団のなかでも、随一の武勇を誇る男だ。秀吉の妄執《もうしゆう》によって決行された朝鮮への出兵の際にも、当地で勇猛果敢に戦い、槍一本で虎を殺したという武勇伝を持つ。

清正は、身の丈六尺に迫ろうかという大男である。その武人然とした逞《たく》ましい筋骨に相応《ふさわ》しい、黒々とした髭が鼻の下を覆《おお》っていた。一廉《ひとかど》の武士であろうとも、清正の黄色く輝く瞳に見据えられて一喝されれば、総身を固めて槍の餌食《えじき》にされてしまう。

そんな日ノ本有数の武人が、忠臣然として、ゆったりと歩みを進める青年の背後に付き従っている。

豊臣家の棟梁であり、秀吉の忘れ形見。

秀頼……。

「ぐぅっ」

若き豊臣家の主を、みずから庭先まで出迎えた家康の喉が知らず知らず鳴った。あまりにも大きな音に己で驚き、焦りとともに咳払《せきばら》いをひとつ吐《つ》く。

妻の祖父である家康の姿を認めた秀頼が、涼やかに笑った。細長い顔がふくよかな肉を帯び、生来の育ちの良さが気品となって総身から漂っている。しかし、家康が不覚にも喉を鳴らしてしまったのは、そんな小賢《こざか》しい気品などの所為《せい》ではなかった。

大きい。

付き従う清正の堂々とした体軀《たいく》よりも、秀頼は頭ひとつ抜けていた。そのうえ、戦場で鍛えあげられた清正の体に負けず劣らずの、頑強そうな肉付きである。

秀頼が生まれた時、すでに戦乱は収束していた。その後の関ヶ原の戦いにおいても、豊臣家は直接の関与を避けた。故にこの青年は戦場に出たことがない。

なのに。

秀頼からは、武士然とした風格を感じるのだ。関白に任じられる家でありながら、公家《くげ》のごときなよなよしさはどこにもなかった。

公の対面ではない。あくまで家康から申し出た私的な場である。目にも眩しい萌黄《もえぎ》色の直垂《ひたたれ》を着け、ゆるやかな足取りで歩を進める秀頼の顔には、両家のわだかまりなど微塵《みじん》もなかった。妻の祖父に会いに来た気安さと、対面できた喜びが、爽やかな笑みに満ち満ちている。

手を伸ばせば触れられるところまで両者が近づく直前に、清正が片膝立ちになった。両家の家臣たちがそれに倣《なら》い、膝を折る。

家康と秀頼は向かい合うようにして、笑みを浮かべる。

「良くぞ御越しになられました」

家康は膝に手を置き深々と頭を下げた。

「大御所様みずから御出迎え下さるとは、有難き幸せに存じまする」

己の鳩尾《みぞおち》あたりまでしか背丈がない家康が下げた頭よりも低く、秀頼が頭を垂れた。青年の言葉と物腰には、豊臣家の棟梁であるという尊大さは微塵もない。

孫娘は良き夫を持った。

祖父として胸が熱くなる。

目の奥に熱い物を感じながら、家康は顔を上げて頭を垂れ続けている秀頼の大きく盛り上がった肩に手を添えた。

「ささ、どうぞ中へ」

「はい」

気持ちの良い声とともに顔を上げて笑う秀頼に見下ろされながら、家康は頰の強張《こわば》りを感じつつ、義理の孫を城へとうながした。

家臣たちを控えの間に通し、家康はみずからと正純のみで対面の間へと入った。秀頼に付き従うのは、清正である。

御主はいつから豊臣家の臣になったのじゃ……。

秀頼の背後で仏頂面《ぶっちょうづら》のまま虚空《こくう》を見つめている清正に、罵声《ばせい》とともに問いたい気持ちをぐっとこらえる。たしかに昔はこの男も家康も、豊臣の臣であった。しかし、征夷大将軍に家康が任じられた時に、日ノ本の武家はすべて徳川家の臣となったのではなかったのか。もし、秀頼が関白になったとしても、武家を束ねるのは将軍である徳川家であり、関白はその上位に控える存在でしかないのだ。それが筋目である。

つまり……。

日ノ本の武家と豊臣家の縁は、すでに切れているのだ。たとえ、いまなお豊臣家が武家を標榜《ひょうぼう》していたとしても、それは畿内の所領を有している大大名としての立場のみ。建前上豊臣家は、摂関家と同義なのである。

天下一統を目指す秀吉が将軍ではなく、関白を選んだ時点で、武家と豊臣家の間には大きな隔たりが生まれた。その隙間に堅牢《けんろう》な壁を築くために、家康は征夷大将軍を選んだのだ。

清正は建前よりも情や義理を重んじる武人であった。たとえ将軍であろうとも、徳川家は豊臣家の被官であるという埃《ほこり》に塗《まみ》れた大義を盾に、秀頼の背を守っている。

気に喰わぬ武人を尻目に、家康は満面に笑みを張り付かせたまま、秀頼に語りかける。

「さぁ、どうぞ御成りの間へ」

一段高くなった上座を掌で示しながら、顎をかすかに低くする。

清正が振りかざす埃に塗れた建前を、家康も形の上で重んじた。たしかにいまなお、徳川家は豊臣家の被官のままである。関白を任じられる家柄は将軍家より上位なのだから、当たり前といえば当たり前であった。

「さぁ秀頼様」

にこやかに体を横にして、秀頼が上座へ進むための道筋を作ってやる。

相手は若僧だ。

奉《たてまつ》ってやれば調子に乗るに違いない。

さぁ……。

上座へ向かえ。

「それは出来ませぬ」

淀みの無い声が、顔を伏せた家康に降って来た。

「あの場所は、大御所様の席にござりまする」

快活な声とともに温もりが肩に触れた。分厚い孫娘の夫の掌が、老いて萎《しぼ》んだ家康の肩を包む。

みなぎる生の力が、秀頼の掌から衣を抜けて老いて乾いた肉に染み込んで来るようだった。

「どうか大御所様」

「いやいや、秀頼様こそ」

「某《それがし》は千姫の夫にござりまする。いわば大御所様は某にとっても大事な御爺様。某が上座に座るなど言語道断にござる。さぁ、どうか……。どうか」

言って肩を押す。強過ぎぬ穏やかな力であった。老いた家康を労《いた》わる心が、秀頼の挙措《きょそ》のことごとくから伝わって来る。

「大御所様は従一位、某は正二位。官位の上でも大御所様の方が上位にござりまする」

情だけではなく、道理でも家康を諭《さと》す。逃げ道を奪われた老いぼれは、笑いながらうなずくしかなかった。

「では御言葉に甘えまして……」

言いながら上座へと足を向ける。そんな家康の肩に手を添えたまま、秀頼が優しく付き従う。

「さぁ御爺様」

一段高くなった場所で声をかけ、秀頼は家康の手を取った。

それほど老いぼれてはおらぬわっ！

心中で叫ぶ。

が……。

喉の奥でつっかえて、言葉が口から出て来ない。それどころか、心の底に仄《ほの》かに灯《とも》る温もりを、家康は認めたくなかった。

喜び。

たくましい孫に支えられながら段を昇って上座に腰を据えたことを、家康は心の奥底で喜んでいた。

そんなことはない。

相手は豊臣家の棟梁だ。徳川家を脅《おびや》かそうとする目の上のたんこぶなのである。

家康が上座に落ち着いたのを確かめると、秀頼は軽やかに下座に足を運んで、清正の面前で立ち止り、くるりと振り返って家康と正対した。家康が座るように声を投げたのを耳にしてから、静かに腰を下ろす。

すべての動きに無駄がない。

大坂城の奥深くで育った秀頼は、母である淀の方や、まわりに侍る女たちに甘やかされるだけ甘やかされ、分別すら付かず、母に言われるままに家臣に命を下す愚物《ぐぶつ》であると噂されていた。そんな噂を吹き飛ばすには十分過ぎるほど、目の前の青年は総身に覇気をみなぎらせている。

正純が上座の脇に、清正が己の背後に座して場の気配が落ち着いたのを確かめてから、秀頼は両手を畳に付け深々と頭を下げた。

「豊臣秀頼にござります」

正二位右大臣。

十九歳としては破格の身分である。日ノ本において、秀頼ほど高位の若者はいない。生まれた時より関白になることを約束され、日ノ本の主となるべく養育されたのだ。高慢であって当然である。幼少の頃から、すべての大人が己にひれ伏し、言うことを聞かぬ者など皆無という場所で育って、謙虚であれるわけがないと家康は思う。なのに、目の前の秀頼は、驚くほど家康に対しての礼節を弁《わきま》えていた。目上目下という視座が、この若者の心中にはしっかりと根差している。

「面《おもて》を上げられよ」

震える声を下座に投げる。

何故、震えているのか。

家康自身にもわからない。

孫娘の夫として十分過ぎる器量を前に喜んでいるのか。出来過ぎる豊臣家の若き棟梁の過分な分別に怒りを覚えているのか。

わからない。

わからないがたしかに家康の声は震えていた。

秀頼が静かに頭を上げる。分厚い胸を張り、上座に正対したその姿は、武家としての豊臣家の棟梁として一分の隙《すき》もない。

その堂々たる容姿は父親とは比ぶべくもない。主であった信長に禿鼠《はげねずみ》と渾名《あだな》され、同朋たちからは猿と揶揄《やゆ》された秀吉は、狸と評された家康が哀れに思うほどの小男であった。

他者を圧倒できるような容姿に恵まれていなかった秀吉は、良く回る舌と誰の懐にも潜り込める人柄を武器に、武家の頂点に上り詰めた。小男なりの努力によって、秀吉は武士と認められるだけの男になったのである。

だが、息子である秀頼にはそんな父の苦悩を寄せ付けぬだけの恵まれた体躯があった。胸を張っただけで、歴戦の猛者《もさ》である家康ほどの老武士が息を呑《の》んで羨むだけの血肉を与えられているのだ。

祖父がこうであった……。

目の前の青年と、彼の祖父が家康の脳裏で重なる。

浅井長政《ながまさ》。

上洛のために近江の経略を急いでいた信長が、己の妹である市を嫁がせた男である。

後に長政は、義父である信長に反旗をひるがえし、越前朝倉《えちぜんあさくら》家とともに家康とも戦った。長政が敗れ、その居城であった小谷《おだに》城で腹を斬った際、市とともに城を逃れた三人の姉妹の長女こそ、秀頼の母、淀の方である。

この時逃れた三人の姉妹の末の妹は、いま秀忠の正室となっている。

孫だけではなく子の縁においても、徳川と豊臣は繋がっているのだ。

三河《みかわ》を領国としていた頃の家康は、従属的な同盟相手であった信長の仲介で、幾度か長政と相対している。淀の方の父である長政は、たしかに目の前の秀頼のように大柄な男であった。

この青年は秀吉の種で生まれた子ではないという噂が、巷間《こうかん》まことしやかに流れている。好色であった秀吉は正室の於禰《おね》以外にも多くの妾《めかけ》を抱えていた。しかし正妻だけではなく、妾たちを相手にしてもなかなか子には恵まれなかった。

秀吉の子と伝わるのはたったの四人。近江の頃に男児を生《な》したが早世し、大坂にて側室との間に娘が生まれたらしいのだが、こちらはいつの間にかその存在すら語られなくなったことから、死んだのだろう。

残る二人は淀の方が生んだ。

最初の子である鶴松《つるまつ》はわずか三つでこの世を去った。

そして、十九になった今なお壮健な姿で生きながらえているのが、末子の秀頼である。

秀頼以外の三人がいずれも体が弱く成人することが叶わなかった。

好色の秀吉がこれほど子を生せぬのは、秀吉自身に問題があるのではないか。ならば、秀吉の子として生まれた赤子たちは、そもそも秀吉の種ではないのではないか。そんな疑念が、秀頼にも向けられ、秀吉の子ではないという噂が後を絶たなかった。

たしかにそうかも知れぬと、家康も思う。

当の家康は、正室であった築山殿《つきやま》との間に信康《のぶやす》を授かったのを皮切りに、側室との間に十五人。総勢十六人。十一男、五女をもうけている。ここまで多くはなくとも、数人の側室を得た大名たちは、それなりに子を得ているものだ。

功を得て大名となった者にとって、家を存続させることは主としての務めのひとつである。子を生すことは、武功を得ることに負けぬ仕事なのだ。

秀吉も励んだ。

が、子に恵まれなかった。

「此度は御呼びいただき誠にかたじけのう存じまする」

言ってふたたび大きな頭が伏せられた。

日頃、使い慣れぬ言葉であろうに、秀頼は淀みなくするりと口にして、家康に平伏する。その姿は、駿府《すんぷ》に機嫌伺いに来る豊臣恩顧の大名たちとなんら変わらぬ慇懃《いんぎん》さであった。

秀頼のかたわらで、清正も頭を下げている。二人の様はまるで、徳川に従属する大名とその腹心のようである。

「頭を上げられよ秀頼殿」

そう言うしかなかった。

これほど実直に頭を下げられ、誠実な言葉を吐かれたら、上座に腰を据える者として相応の物言いを強《し》いられる。もはや、豊臣家の臣のごとき振る舞いは完全に封じられていた。

「はい」

答えて静かに顔を上げ、秀頼が正面を見た。口許にかすかな笑みを湛《たた》え、余裕を見せるその姿に、何故だかかつての秀吉の面影が重なる。

あぁ……。

この男はたしかに秀吉の子だ。

「ひ、秀頼殿は……」

なんとか会話を繋《つな》げようと苦し紛れに口にした言葉であったから、続きが上手く紡《つむ》げない。

何故、ここまで動揺しなければならぬのか。

若僧ではないか。

城の奥深くで女どもの手によって大切に育てられてきた青瓢箪《あおびょうたん》ではないか。

己は誰だ。

従一位、先の将軍、徳川家康ではないか。

七十年の生涯で、この男などとは比べ物にならぬような猛者と幾度も相対してきたはずだ。今川義元《よしもと》、織田信長、豊臣秀吉……。

一度だって気圧《けお》されはしなかった。

なのに何故だ。

何故、己はこんな若僧に臆しているのか。

「御爺様」

快活な声が下座から飛来し、己が胸中を駈け巡る想いに翻弄《ほんろう》されている家康の虚を衝《つ》いた。一度ぴくりと肩が跳ねたのを気取られてはいないかと孫婿の目を見据えるが、己の顔を笑みのまま見上げる秀頼の淀みない瞳には、清廉《せいれん》な輝きだけが満ちていて、家康はたまらなくなって、つい顔を伏せてしまった。

「母上は常々、徳川家を敵のように申しております る」

なんと……。

今の発言は、豊臣家の腹の奥底を曝《さら》け出すような一語ではないか。豊臣家の棟梁が臆面もなく口にして良い言葉ではない。

家康が顔を上げて窘《たしな》めるよりも早く、秀頼が言葉を継ぐ。

「豊臣家から天下を簒奪した盗人《ぬすっと》だと……」

「なんと無礼な」

「正純」

思わずといった様子で分不相応な言葉を吐いた正純を、名を呼んで律する。勘の鋭い腹心は、己の行為を恥じるように、大袈裟《おおげさ》なほど顔を伏せ、平伏の姿勢のまま固まった。

秀頼は正純の言葉など気にも留めていない。真っ直ぐと妻の祖父を見つめたまま、笑っている。

大胆不敵。

そんなところもあの男に瓜二つだ。

「某はそうは思いませぬ」

丹田《たんでん》に溜まった気を吐き出すようにして、秀頼が声高《こわだか》に言った。覇気の籠った声が四方の唐紙《からかみ》を叩き、ちいさく揺れる。

孫婿の気に当てられ息が詰まった。秀頼は家康の動揺を知ってか知らでか、余裕の笑みを湛えたまま、なおも言葉を連ねる。

「我等は武家にござりまする。武家は弓働きによって、己が身を立てるもの。御爺様は関ヶ原の戦において、毛利《もうり》を退けられた」

戦の差配は石田三成が行っていたが、敵の総大将は毛利輝元《てるもと》であった。その辺りのところを、秀頼は見過ごさなかった。

「御爺様は武家として、その御力で天下に覇を称えられたのです」

「それは……」

二の句が継げない。

心に湧いた言葉とは別の言葉が、口から零れたからだ。

そんなことは御主のような若僧に言われずともわかっておるわっ！

叫びたかった。

なのに……。

口から出たのは気弱な言葉にもならぬ思惟の切れ端であった。

「某に遠慮は無用。豊臣や母上の顔色をうかがわずとも、よろしゅうござりまする。某は、じきに母を豊臣家の政から遠ざけまする。某もすでに十九。己が力で豊臣家を守ってゆきとうござりまする」

「秀頼殿、そは淀の方を敵に回すということか」

「母は母にござります。敵とは思えませぬ。が、このまま豊臣家を母上の思うままにいたしておれば……」

不意に秀頼の輝く瞳が陰った。

「かならずや滅びまする」

「そ、そんなことがある訳がなかろう」

「ありまする」

言い切る秀頼の目に迷いはない。ただ、先刻まで満ち満ちていた光だけが、すうっと消えてどこまでも深い闇が青年の大きな瞳を支配していた。

「母上はいずれ某を関白にするつもりでおられまする。某が関白となれば、将軍を従えることができると本気で思うておられまする。しかし、武家は弓働きによって身を立てるものにござります。朝廷での立場で従えるような真似をしても、侍は決して付いては来ませぬ」

其方の父は、そうして儂の頭を下げさせたではないか、という言葉が喉の奥まで込み上げてきた。しかしそれを口にして、どうなるというのか。たしかに秀吉は関白という地位で、家康の頭を無理矢理下げさせた。しかしあの時は、天下はまだまだ麻のごとく乱れていた。九州には島津、関東には北条。奥羽《おうう》もまだまだひとつにまとまってはいなかった。家康が秀吉に屈服したとて、天下の帰趨《きすう》を決する大事ではなかったのだ。

「母はそれがわかっておられませぬ」

「秀頼殿」

声が震える。

この男は行く末をどこまで見極めているのだろうか。

「其方は徳川家へ臣従いたすと申すのか」

「はい」

揺るぎない口調で答えた孫婿が、力強くうなずく。

思わず家康は身を乗り出していた。

「母を……。淀の方を家政から締め出すことができるのか」

「いまはまだ」

父に似ぬ太い眉を歪《ゆが》めて、秀頼は顔を伏せた。

「某の乳母《めのと》の子である大野《おおの》治長《はるなが》、治房《はるふさ》兄弟を筆頭に、長年母を支え続けて来た重臣どもが黙ってはおりますまい。彼等は某よりも母を主と思うておりまする。太閤殿下が身罷《みまか》られて十三年。その間、母が豊臣家を切り盛りしてきたのは間違いありませぬ。そんな母を治長たちは身命を賭して支えてきたのです。生半《なまなか》ならぬ繋がりがございまする。某でも割って入ることができぬほどに……」

寂しそうに秀頼が顔を伏せた。

この青年の父が大野治長であるなどという噂も、巷間では流れている。それほど、大野兄弟は、淀の方と深く結び付き、秀吉亡き後の豊臣家に巣食っているのだ。

「それでもやりまする。やらねば豊臣家に先はありませぬ」

「儂が滅ぼすと申すのか。儂は其方の妻の祖父であるぞ」

「徳川家のためならば我が子をも殺す。それが大御所様ではありませぬか」

孫婿の言葉が胸の古傷が抉《えぐ》る。

正室、築山殿との間に生まれた信康を、家康は信長の命に従い殺した。今川家の一族である築山殿と、彼女に従う信康によって徳川家が織田家に背くことを恐れた信長が、家康の忠誠を試すために下した命だった。

従うしかなかった。

だが、秀頼の言う通り、家康が徳川家のために息子を殺したという事実は曲げられない。

秀頼は、家康の心の奥底に宿る闇を見透かしている。

豊臣家を滅ぼさなければ徳川家は保《も》たない。

器……。

間違いない。

秀忠よりも、目の前の小僧の器の方が何倍も大きい。

この男が関白になったら手が付けられなくなる。そして恐らくその時、家康はこの世にいない。

殺さなければ。

なんとしても。

「いま安堵《あんど》されている摂津、河内、和泉三国を領す大名として豊臣家の存続を許していただけるのであれば、某は終生徳川家に忠誠を誓いまする」

「そは真《まこと》か」

「武士に二言はありませぬ」

老い先短い己を恨む。

豊臣家を滅ぼさなければ秀忠に先はない……。

死の間際、涙ながらに秀頼のことを頼むと言った秀吉の姿が脳裏に鮮明に蘇る。

よもや。
あの時の猿と同じ想いを己が抱くことになるとは、家康は思いもしなかった。
「其方の……」
孫婿の雄々《おお》しい目を見つめながら、家康は老いた体を軋《きし》ませて精一杯胸を張る。
目の前の若者に負けてはならぬ。
命の炎が尽きるその時まで、己は武士でなければならぬ。
「其方のことを信じよう秀頼」
あの強情な女のことだ。生半可なことでは秀頼の思うままになどさせはしない。
「有難き幸せに存じまする」
青年の大きな体が腰から曲がり、畳に額が付くほどの辞儀をする。
寿命が尽きる前に……。
あの女狐が、この若僧を一人前と認める前に……。
なんとしても。
なんとしても豊臣家を滅ぼさなければならない。
もうひと戦。
老いた体を引き摺《ず》ってでも、あとひと勝負しなければならぬ。

秀忠には無理だ。

あの凡愚《ぼんぐ》な息子ではこの青年と渡り合うことなどできはしない。

徳川家康。

その名を以《も》って、豊臣秀頼をこの世から葬り去らなければならない。

「頼みにしておるぞ秀頼」

「はい」

跳ねた声とともに上げた顔が笑っていた。

この眩しい笑顔を永久に葬り去ることが、己に課せられた最後の務めであると、家康はこの時、しっかりと肝《きも》に銘じた。

弐　片桐東市正且元

心の臓の下あたりで、胃の腑《ふ》がきりきりと締め上げられる。

吐き気を催す痛みに耐えながら、片桐東市正且元《かたぎりひがしいちのかみかつもと》はみずからに与えられた宿所の広間に座して待つ。

十畳あまりの広間に敷かれた畳は真新しく、青々とした匂いを放ち、且元の鼻孔を容赦なく侵す。普段ならば心地良い香りなのだろうが、胃の腑が締め付けられていては、ただただ不快な悪臭でしかない。

昨日からなにも食べていないのに、気を抜けば吐いてしまいそうだった。

他家の屋敷である。先方より宿所として定められた慣れぬ家だ。ここに今日、先方の使者が訪れることになっている。

使者を待つ身だから、腹を擦《さす》ることすら憚《はばか》られた。別に誰もいないのだから、腹を擦るくらいなんということもないのだろうが、顔を歪めながら腹を擦っている時に相手が現れたらどう思うだろうか。腹を擦ったことで吐き気が堪《こら》えきれなくなって真新しい畳に汚物を撒《ま》き散らしてしまうのではないか。そんな心配事がいくつもいくつも頭に浮かんできて、且元を悩ませる。だから結局、腹に手を持って行くことすらできず、額にびっしり脂汗を浮かべながら痛みをこらえなければならなくなる。

もともと気が小さい。

賤《しず》ヶ岳《たけ》の七本槍などと呼ばれ、加藤清正や福島正則と並び称され、武人の鑑《かがみ》のごとくに思われたのが、そもそもの間違いなのだ。一番槍を目指す清正たちの後を付いて駆けていたら、たまたま敵とぶつかってしまい、勢いに呑まれているうちに、敵の首を取ってしまっただけのこと。

いくつもの偶然が重なって、七本槍の一本に数えられてしまった。

だから、清正や正則ほどの出世はしていないのも当然だと、且元自身思っている。

秀吉に与えられた摂津茨木《いばらき》一万石、それに関ヶ原以降家康から大和龍田《やまとたつた》を加増されて、二万八千石あまりを領することになった。一方、清正は肥後《ひご》一国、正則も安芸《あき》一国を領する大大名になった。彼等と比べれば、なんとも情けない身上である。

しかも、且元が秀吉から茨木を与えられたのも、度重なる武功を評価されてというわけではなく、その頃生まれたばかりであった秀頼の傅役《もりやく》を命じられたことによるところが大きい。

次期豊臣家棟梁の傅役。

それが且元に与えられた役目であった。それは、秀吉の死後も変わらなかった。家康が関ヶ原に勝利し、その権威を強めた後も、且元は秀頼の傅役として、豊臣家の意を徳川家に伝える使者を務めることと相成った。

その役目をこれほど呪わしい物だと思う日が来るとは、且元自身考えてもみなかった。

胃の腑が締め付けられ、酸っぱい物が喉の奥まで上がって来る。口中に唾《つば》を溜め、それを腹のなかに流し込む。

「うっ」

勢いで声が漏れた。

手を腹に持って行きたい衝動に駆られたが、目を閉じ深く息を吸ってなんとか堪える。

まだか……。

もうかれこれ一刻あまり待たされている。

大坂から駿河まで馬を走らせ大急ぎで駆け付けた。

供の坊主を一人連れて。

その坊主は、今度の面倒事を豊臣家に招いた張本人である。

坊主は次の間に待たせていた。先方からの指示である。

大御所、徳川家康。

且元が面会を求めた男の名だ。

先の将軍である家康は、息子の秀忠に将軍の座を譲ると、駿河を隠居の地に定めた。かつて今川家の舘があった場所に駿府城を天下普請にて築城し、そこをみずからの住まいとしたのである。

大御所家康に面会を求めた且元であったのだが、駿府城に入ることすら許されなかった。豊臣家の使者として、家康への面会を求めたにもかかわらず、宿所にて待ってもらいたいという返答を得てから七日もの間、無駄な時を過ごした。

そして今日、やっとのことで相手の使者が面会を求めてきたのだ。

腹の痛みに耐えながら使者を待つ且元の背後の唐紙がすっと開き、宿所の主に仕えているのであろう若者が顔を見せる。且元はしずかに体ごと振り返って、若者に頭を下げた。

「本多上野介《こうずけのすけ》様、金地院《こんちいん》崇伝《すうでん》様、御着きにございまする」

「承知仕りました」

辞儀とともに答えると、且元は顔を上げる。すでに唐紙は堅く閉じられ、若者は姿を消していた。

本多上野介正純。家康の側近中の側近、本多正信の嫡子《ちゃくし》で、駿府にて大御所を支える能臣である。金地院崇伝は臨済《りんざい》宗の僧で、天台《てんだい》僧の南光坊天海《なんこうぼうてんかい》とともに、家康の知恵袋として天下の政の背後に暗躍しているということは、周知の事実であった。

家康の腹の裡を誰よりも心得ている二人が揃って宿所に現れた……。

「うう」

胃の腑がきりきりと締め付けられる。

目を伏せた且元の前方左手、縁廊下に面する障子戸《しょうじど》がするりと開いた。

障子戸のむこうから姿を現したのは、墨染の衣にきらびやかな袈裟《けさ》を着けた禿頭《とくとう》の男である。金地院崇伝という名を、且元は頭に浮かべながら深々と頭を下げる。

崇伝の後ろに付き従う気配が部屋に入って来て、二人して上座に腰をすえた。視界の端で障子戸が静かに締まる。

無言のまま頭を下げ続けた。

且元はあくまで豊臣家からの使者である。秀頼の名代《みょうだい》ではない。相手は家康の名代なのである。いわば、二人は家康も同然であるということだ。下座に控えさせられるのも、こうして頭を下げ続けるのも、致し方ないことだった。

「面《おもて》を上げられよ」

いずれの声かわからなかった。どちらも四十後半からせいぜい五十という年頃のはず。声の響きでは判然としない。五十九になる且元にとってはいずれにしても、年下だった。

夏の盛りを過ぎたとはいえ、まだまだ残暑厳しい八月末の陽気の最中、障子戸と襖《ふすま》を締め切っている。そのなかで胃の腑の痛みにこらえながら二刻あまりも待っていたのだ。すでに襟首はじっとりと濡れている。

「片桐殿」

冷淡な声が且元を急《せ》かす。今度ははっきりと上座左方から聞こえた。先刻からの声が正純の物だと、はっきりと自覚する。

重い体を持ち上げて、二人を見た。

酷薄な四つの眼が、罪人を見るように且元を捉えていた。

取り繕《つくろ》うような笑みを浮かべることすら忘れ、且元はふたたび顔を伏せ、尊大な態度の二人の名代にむかって声を投げる。

「この度はこのような弁明の機会を与えてくださり、誠にかたじけのう存じまする」

城にも招かず、家康自身が会いもしない無礼など噫《おくび》にも出さない。

「面を上げられよ」

正純の声を受けて上座を見た。

賢そうな顔をした男たちである。髷《まげ》と坊主という違いはあれど、二人の男の面構《つらがま》えに通底《つうてい》するのは、涼やかな刃《やいば》の切っ先のごとき鋭さであった。

これからこの二人に責められる……。

胃の腑が破裂したのかと思うような激しい痛みが腹中を駆けまわる。

「ぐっ……」

歯を食い縛って堪えるが、本当ならば真新しい畳の上に寝そべって、のたうちまわりたい気分だった。老い先短い身である。これほどの痛みは尋常ではない。死にかねない。それでも且元は痛みに負けず、家康の名代と向き合う。

「あの文言《もんごん》はいったいどういう御積りか」

正純よりも甲高《かんだか》い声で、崇伝が不躾《ぶしつけ》に問うてくる。前段などいらぬとばかりの単刀直入な問いに、且元は額の汗を指先で拭って苦笑いを浮かべた。

豊臣秀吉が作った大仏を安置するために、豊臣家は京の都に方広寺《ほうこうじ》という名の寺を創建した。しかし、慶長《けいちょう》の頃に伏見《ふしみ》を襲った大地震により大仏は壊れ、寺もまた大破してしまった。秀吉の死後、その遺志を継いだ秀頼によって大仏殿の修築は進められることになる。大仏鋳造の際の失火による火事などの災難に見舞われながらも、秀吉の死から十六年もの歳月を経て、なんとか大仏殿の再建はなり、落慶《らっけい》法要を営むこととなった。

だが……。

ここに家康が嚙みついてきた。

八月三日に大仏開眼《かいげん》供養を行い、十八日に大仏殿の堂供養を行うようにしたらどうかと家康は豊臣家に対し申し出た。しかし、八月十八日は秀吉の命日であり、しかもこの年は十七回忌にもあたっており、その日に堂供養を行うことはいかがなものかと豊臣側は家康に返答した。

双方間で調整が行われるなか、家康側から思わぬ糾弾の声が上がったのである。

それは、方広寺のために新たに鋳造された梵鐘《ぼんしょう》に刻まれた建立《こんりゅう》の由来を記す前文に続く、全百五十二字、四言《しごん》長詩の形を有する銘文に起因していた。

〝国家安康《こっかあんこう》〟

〝君臣豊楽《くんしんほうらく》〟

銘文に刻まれたこのふたつの文言を、家康側は糾弾してきたのである。

当然、且元たち豊臣側にとっては寝耳に水であった。

国家安康は、家康の名をふたつに割り、君臣豊楽は、君も臣も豊臣家の元で楽しむという意があると、家康側は言うのである。

要はこのふたつの銘文は、家康を呪い、豊臣家の世を望んでいる意があると言うのだ。

言いがかりにも程がある。

方広寺の再建奉行を任されていた且元だけではなく、大野治長ら豊臣家の臣の誰もが家康の糾弾をそう断じた。銘文を撰述《せんじゅつ》した南禅寺《なんぜんじ》の高僧、文英清韓《ぶんえいせいかん》には、先方が言うような作為などまったく無く、豊臣側も、そんな邪《よこしま》なことを頼んでなどいない。

次の間に控えている僧は、その文英清韓であった。清韓みずから、弁明に訪れている。

「御答えになられよ」

崇伝の詰問《きつもん》の声が、下座に控える且元の、脂汗に塗れた頰を叩く。且元は苦笑いのまま喉の奥から声を絞り出す。

「大御所様を御恨みするようなつもりは毛頭ござりませぬ。そは別室に控えておる清韓禅師が知っておりまする」

「豊臣家の考えを御聞かせ願いたい」

「聞かせるもなにも……」

誤解だ。

言いがかりだ。

それしか言えない。だからといって正直に答える訳にはいかない。だから、銘文の撰者である清韓を連れて来たのだ。

「何卒《なにとぞ》、清韓禅師に……」

「片桐殿」

正純の声が且元を止める。武張った気迫とはひと味違う智者の覇気に、老齢の且元はたまらず息を呑む。

そもそも……。

己は、秀頼の傅役を仰せつかったというだけの男である。こういう交渉事にはむかないのだ。正純や崇伝のような手足よりも頭の大きな堅物には、大野治長のような切れ者が相対する方が良いのである。なのに矢面《やおもて》に立ちたがらない治長と、矢面に立たせたくない淀の方の思惑の所為で、こういう面倒な役目は決まって且元に担わされるのだった。

「清韓禅師になにもかも聞いてくれというのであれば、何故片桐殿はここにおられるのでしょうや」

簡潔で冷酷な問いである。

坊主に言い訳させるだけなら、お前はここにいる意味がないではないか……。

まったくその通りである。

且元は。

この場にいる意味がない。

また。

胃の腑が痛みだした。

「あ、あの、そ、その……」

思うように言葉が口から出てこない。

なんとかこの場を取り繕おうと言い訳を探す且元を見るに見かねたのか、崇伝が咳払いをして緩みかけた場を引き締めた。

「清韓禅師には、片桐殿に御伺いした後に聞きたきことがござりまする。まずは片桐殿の口から、豊臣家の存念を御聞きしたいのです」

穏やかな口調で崇伝が言った。戸惑う且元をおもんぱかった物言いである。

「豊臣家の……」

「左様」

つぶやいた且元に、崇伝が穏やかにうなずく。そんな高僧の情けを横目に、正純がこれみよがしに溜息を吐いた。

家康の懐刀は、茶番は止せとばかりに容赦ない声を浴びせてくる。

「今度のことに対する豊臣家の対応を御聞かせくだされ。返答如何では、両家にとって不幸な事態を招くことになりまするぞ」

とにかく家康の真意を探り、こちらには呪詛《じゅそ》の意図などなかったと弁明して来い。それだけを命じられて駿府に来たのだ。対応もなにもあったものではない。

「こちらのことはさておき……」

頰をひくつかせ、且元は瞳が極端に小さい正純の目を見た。

「大御所様は、なんと仰せになられておられるのでしょうや」

こちらには手駒がないのだ。ならば、相手の考えを聞くしか手はない。家康は豊臣家になにを求めているのか。それ如何《いかん》によって、こちらの対応も異なってくる。

「大御所様は大変立腹なされておられる」

正純が簡潔に言い放つ。しかし、漠然とした言葉である。立腹しているからどうなのか。

「豊臣家になにを……」

「それを論じるより先に、こちらの問いに答えていただきたい」

若き腹心に隙はない。且元の卑屈な探りに乗ろうとはせず、徳川家の主張をどこまでも押し通す。智の光みなぎる覇気に当てられるようにして、且元はついつい大坂の誰からも了承を得ていない出まかせを口にした。

「大御所様が御怒りを鎮めてくださるのならば、豊臣家としては如何なる求めにも応じる覚悟がござりまする」

そんなことは淀の方も治長も言ってはいない。

豊臣家の当主は秀頼である。だが、実際に大坂を動かしているのは母の淀の方と大野治長たち重臣連中であった。秀頼が二条城にて家康と面会してから二年の歳月が経っているが、いまなお大坂の実権は棟梁の母と、彼女の側近たちに握られたままである。

且元は、その埒外《らちがい》にあった。

原因が己自身にあることは、且元にもわかっている。

関ヶ原だ。

天下を簒奪しようと企む徳川家康の勢いを止めんと、石田三成が西国の雄、毛利輝元を担ぎ上げて始まった戦に、豊臣家は静観する立場を取った。今度の戦は家臣同士の争いであり、主家である豊臣家は与り知らぬという建前をもっての静観であった。

心情的には淀の方や治長等は、豊臣家に忠節を尽くそうとしている三成に肩入れしようとしていた。が、秀吉亡き後の日ノ本において、徳川家康に伍するほどの武士は残されていなかった。もし、旗色を鮮明にして三成に加担して、家康が勝とうものなら、豊臣家は一気に敗勢にまわり滅亡という最悪の結果すらも考えられる。とにかく、秀頼が大人になって関白に任じられるまでは、なんとしても耐え忍ぶ。そう心に決めて、淀の方は中立を保ったのである。

しかし……。

且元は、密かに息子を徳川家への人質に差し出した。片桐家は徳川家に刃向うつもりはないという、明確な姿勢を示したのである。大和龍田の加増はこの功に対するものであった。

以降且元は、徳川家の意向を豊臣家に及ぼす役割を務めることになったのである。家康も、秀頼の傅役である且元を高く買い、豊臣家の家老へと強く推薦し、その甲斐《かい》もあって且元は家老職を得た。

且元が家康に近付いていることを、淀の方も治長たちも気付いている。家老であるはずの且元は、豊臣家内で浮いた存在となっていた。重要な評定《ひょうじょう》の際には、且元を抜きにしてあらかじめ結論が定まっている。評定の席は、且元への報告を淡々と済ませるような格好に数年前からなっていた。

今回の駿府への下向も、大したことを担わされてなどいないのだ。ただ家康の顔色をうかがって来い。穏便に済ませて、なんとか取り繕って来い。その程度のあやふやな命しか下されていないのだから、豊臣家の意向など語れるはずもない。

「そは真にございまするな」

「は……」

正純の問いがなにを指しているのかわからずに、且元は呆けた声を吐いた。これみよがしに溜息を吐いた家康の懐刀が、あらためて問いを投げる。

「豊臣家は如何なることにも応じる覚悟があると申されたこと。二言はありますまいな」

「あぁ」

そういえば、勢いで言ったような気がする。

「二言はありますまいな」

強硬な声を正純が重ねる。

勢いに気圧され、且元は額を畳にこすりつけた。

「ございませぬ」

「うむ」

「ならば」

崇伝が静かに言った。顔を伏せたまま且元は続きを待つ。

「この場に清韓殿を呼んでいただき、銘文について語っていただきましょう」

「はは」

主に答えるように、且元は辞儀のまま答えた。

己はいつからこれほど卑屈になってしまったのか……。

伏したまま考える。

閉じられた障子戸のむこうを誰かが駆けている。おおかた清韓を呼んでくるのだろう。

賤ケ岳の七本槍と呼ばれた頃は、ここまで愚かではなかった気がする。戦働きは苦手だったが、それでも武士として生きる覚悟は定まっていたような気がする。清正や正則のような男にはなれずとも、いつかは己も一国一城の主になる。その程度の野望は胸に抱いて戦場を駆けずり回っていたはずだ。

助作《すけさく》、助作……。

頭のなかで秀吉の声がする。

浅井の臣であった父が、その滅亡とともに秀吉へと仕官した。まだ幼かった且元は、秀吉の小姓衆に選ばれ、若き清正や正則たちと長浜城《ながはまじょう》で切磋琢磨《せっさたくま》して育った。その頃から秀吉は、且元を助作と呼んで、尾張からの縁者である彼等と同様に可愛がってくれた。

いつかは、この人のために功を成す。そう念じ、心の槍を研ぎ続けた。

はずだった。

折れたのは何時《いつ》のことだ。若き頃には間違いなく輝いていた穂先は、刃零《はこぼ》れだらけで錆び放題。こうして誰彼構わず頭を下げて、諍《いさか》いを避けることだけに腐心して、二万八千石程度の領地を汲々として守っている。それで武士と言えるのか。

いや言えぬ。

だからといって己になにができるのか。ここで正純たちを怒鳴りあげて、やれるもんならやってみろと啖呵《たんか》を切ってみたところで、敵になるのは己ではない。片桐家など、彼等の目に入ってすらいないのだ。

情けない情けない情けない……。

秀吉はもうこの世にいない。

ともに長浜で笑い合った清正も、家康との対面の際の秀頼の警護を務めてすぐに病に倒れて死んでしまった。

福島正則はすっかり徳川の犬に成り下がり、家康の顔色をうかがうばかり。

豊臣家が立ったとて、徳川に反旗をひるがえす大名などどこにもいない。

おそらく且元自身も……。

そこまで考えた時、背後の唐紙が勢いよく開かれた。

二つの気配が近づいてきて、ひとつを残してひとつが去る。残った気配が且元のわずか後方に座した。

「文英清韓にござる」

壮年の禅僧は、毅然《きぜん》とした声を上座に放った。

且元はゆるゆると重い頭を持ち上げる。

背後を見遣る余裕もない。腹の裡で蠢《うごめ》く痛みに耐えるだけで精一杯だった。

そんな且元に、上座の二人は目を向けようともしない。且元の後方で背筋を伸ばして座しているであろう清韓禅師の裂帛《れっぱく》の気迫を前に、顔の肉を引き締めてそちらを注視している。

「本多正純にござる」

「以心《いしん》崇伝にございます。此度は遠路はるばるこのような田舎《いなか》まで御足労いただき、かたじけのう存じまする」

二人が深々と辞儀をした。且元に対する態度とは段違いの丁重さであった。

二人が頭を上げるのをたしかめてから、清韓が重い声で部屋の壁を揺らす。

「拙僧が撰述した銘文に不満があると御伺いいたしましたが、いったい大御所様はなにを不服と申しておられるのでしょうや」

「国家安康」

「あぁ」

崇伝の言葉に清韓が承服の声を吐く。

且元は背後を見る気になれない。痛みがなくても見られなかったはずだ。そもそも銘文の撰述を清韓に頼んだのは、再建奉行だった且元である。且元自身が直々《じきじき》に、京南禅寺まで訪ねていって依頼したのだ。朝鮮の役で清正とともに朝鮮に渡るなど、秀吉との縁も深かった清韓は快諾してくれ、今回の落慶となったのである。

「この一文に覚えはございまするか」

「みずからが撰述した文を忘れるはずがございますまい」

清韓は四十七、崇伝とさほど年が離れていないはずだ。家康の側に仕える天台僧と、南禅寺の長老を務める禅僧。立場の違いはあれど、放つ気迫は甲乙付け難い。ひと回り以上も年下の三人が放つ気に、且元はすっかり呑まれてしまっている。仏徒のにらみ合いなど我関せずといった様子で、正純が情の籠らぬ声を清韓にむかって不躾に投げた。

「大御所様の名が入っていることには、気づいておられたのか」

「無論」

清韓のきっぱりとした答えに、胃の腑が熱くなる。南禅寺の長老は、且元の苦悩などどこ吹く風で、平然と抗弁を重ねた。

「かくし題にござる。大御所様の名も〝君臣豊楽〟の豊臣も、あえて文のなかに潜ませたもの。鐘には奇特不思議な功力《くりき》がござる。その功徳《くどく》によって四海太平、万年も長久であれとの願いを込めて、今度の銘文を撰述いたした所存。大御所様の名と豊臣の姓をかくし題として潜ませたのも、その願い故のことにござる」

清韓は意として家康の名を銘文に込めたと言っている。それがなにを意味しているのか、この禅僧はわかっているのだろうか。

豊臣家はこの禅僧に意図して家康の名を刻ませた。

そう言っているのと同義ではないか。

額の汗が鼻を伝って口許をから顎へと流れてゆく。腹の奥の痛みが、もはやのっぴきならぬほど激しくなっていた。腸《はらわた》が震え、腹のなかの物を喉の奥まで突き上げている。首に力を込めて、それが口からほとばしろうとするのを、意地になって止める。

「かくし題とは異なことを申される」

崇伝が目を細めて清韓を見た。

「諱《いみな》を刻むような無礼を、清韓殿ほどの御方が知らずになされるはずがござらぬ。現に豊臣は姓にござる。秀吉でも秀頼でもない」

豊臣家の惣領たちの名を呼び捨てにして、崇伝は清韓を問い詰める。

仏法やその礼節に疎《うと》い且元には、崇伝の詰問の内容を正確に把握できはしなかったが、どうやら銘文などに諱を使うのは無礼な行いであるらしい。

「何故、大御所様の諱を御使いになられたのですかな。しかも、安の字にて立ち割るようにして」

「だ、だからそれは鐘の功徳のために……」

「使うのであれば、正式な手順をもって駿府に伺いを立てるのが筋でありませぬか。すでに鐘は出来ており、国家安康の四字は刻まれておる」

且元は漠然と思う。

もし、清韓が前もって伺いを立てていたとしても、崇伝たちは国家安康の四字を認めはしなかっただろう。もしかしたら、起草の時点で問題にしていたことも十分に考え得る。

どうやら君臣豊楽よりも、国家安康の四字の方を崇伝たちは問題にしたがっているようである。

「弁明があれば御伺いいたしまするが」

崇伝の申し出に、清韓は二の句を継げずにいる。

無理もない。

抗弁の術《すべ》がないわけではないのだ。言い訳ならばいくらでもできるはずである。だが、すでに鐘は出来ていて、そこには国家安康の四文字がたしかに刻まれているのだ。清韓は事前に家康の許しを得ていない。どれだけ仏法による抗弁を繰り出したとしても、この不備は揺るがしようがないのだ。すべての抗弁が言い訳にしかならず、言を重ねれば重ねるほど、清韓は禅僧としての徳を失ってゆくことになるだろう。

もしかしたら……。

清韓には家康を呪う気持ちがあったのではないか。秀吉や豊臣家に近しい清韓にとって、徳川家は豊臣家から天下を簒奪した盗人に見えていたのではないか。まさか鐘の銘文を一言一句確かめられるなどと思ってもみなかったのであろう。

家康の名をふたつに割ることで、徳川家を呪ったのではないか。

もちろん且元は頼んではいない。淀の方や治長たちから、密命があったわけでもない。まして秀頼がそんな後ろ暗い策謀を張りめぐらすことは絶対にない。

清韓がみずからの意思によって、徳川を呪った。

こんな大事になるとは思わずに。

仏法の徒であるべき清韓が私怨によって余人を怨《うら》むことなどあってはならぬ行いである。だが、且元はそれを責められない。豊臣家を想い、その行く末を憂《うれ》いた末に、みずからが出来る精一杯の抵抗をしただけのこと。有難いと思いこそすれ、余計なことをと憎むことはできない。

言葉を失った清韓は退室を命じられた。

且元の前には依然として家康の懐刀が二つ突き立っている。

もはや非を認めるしかなかった。

手を腹にやる。もう、取り繕うことも億劫だった。腹が痛いから擦る。それのなにが悪いのか。

擦ったところで痛みが治まるはずもない。それでも且元は、胃の腑を抑えつけるように掌に力を込めてさすりながら、上座に並んだふたつの仏頂面に卑屈な笑みで立ち向かう。

「大御所様はなにを求めておられるのでしょうや」

こちらの抗弁は尽きたのだ。これ以上、且元から引き出すことはなにもない。そんなことは正純たちも承知の上であるはずだ。

さぁ……。

ここまで引き延ばしてきた文言を吐いてみろ。家康から仰せつかってきたであろう、豊臣家を呪う言葉を。国家安康などという回りくどい呪詛の文句ではないはずだ。もっと鋭利でもっと血腥《ちなまぐさ》い、容赦のない卑劣な言葉を聞かせてみろ。

「さて……」

正純が口籠る。

ならばこちらからと、且元はみずから言葉を吐く。

「秀頼様より大御所様と将軍様に宛てて二心無き旨《むね》の誓紙を御出しいたしましょうか」

豊臣家が徳川に膝を折るという明確な書である。これまで微妙な平衡を保ってきた両家の関係にとって大きな転機となる書状であった。

「それでは済みそうもありませぬ」

まったく抑揚のない声で家康の懐刀は斬って捨てた。

「な、ならば如何にしたら」

「それは」

禿頭の臨済僧が割って入った。

「且元殿が御考えになることにござりましょう」

己が考える。

思ってもみない返答であった。

「では、我等はこれにて」

言った正純が腰を浮かせる。崇伝も続いて立ち上がる。

「おっ、御待ちくだされっ！」

上座ににじり寄りながら且元は叫んだ。

「某が考えるとはっ……」

「言葉通りの意味にござる」

冷然と言い放った正純が障子戸を開いて去って行く。

「崇伝殿っ！」

墨染の衣をつかんで、崇伝を引き留める。

「無礼ですぞ片桐殿」

「御教えくだされ、某はどうすれば」

「本多殿の申された通り、御自分で考え、大坂にこちらの意図を御伝えになられるがよろしいかと」

禿頭の臨済僧は強引に且元の手を振り払うと、開かれたままの障子戸のむこうに姿を消した。

素早く閉じられた障子戸がぐらりと揺れる。

且元は上座にむかって盛大に吐いた。

血が混じった黄色い液しか出てこなかった。

「この三つの方策以外に、徳川を納得させる術はござりませぬ」

精一杯の気を込めて放った声は、大広間の壁に吸い込まれて消えた。左右に居並ぶ男たちの冷やかな視線が、且元の全身をちくちくと刺す。金屏風《きんびょうぶ》に包まれた上座中央にある秀頼の、母にも父にも似ていない顔が寂しそうに笑っていた。

御苦労であった……。

労わるような秀頼の瞳がそう告げている。が、決してその言葉が且元にかけられることはない。かたわらに控える母の全身から立ち昇る怒気が、息子の言葉を封じている。

「なんという横暴な条件であろうか」

さも己が豊臣家の棟梁であるとばかりに秀頼とともに上座に座している淀の方が、整った鼻をひくつかせながらつぶやいた。秀頼の傅役を任されて二十一年も経ったというのに、いまだにこの母親の尖《とが》った声には慣れない。なにがそんなに不服なのかと問いたくなるくらい、淀の方は常に怒っていた。それは、秀吉が存命の頃からで、にこにこと機嫌を取る夫に、この女はいつも冷淡な対応を見せていた。子飼いの臣である且元にとっては、淀の方が織田と浅井の血を引いていようとも、しょせんは無数にいる側室の一人でしかなかった。いくら秀吉が惚れぬいているからといって、父とも慕う主に無礼極まりない態度で接する淀の方を、幾度斬り捨ててやろうかと思ったかわからない。

秀頼の傅役を命じられ、まるで己が下人とでも勘違いしているかのように淀の方に顎でこき使われるようになってからは、その衝動はいっそう激しいものとなった。

いまでも……。

なにもかも好きにして良いと言われるならば、広間を突っ切って秀頼の背後に控える太刀持ちから太刀を奪って、高慢な女狐の白い素っ首を刎《は》ねてやりたかった。

思えば且元の不幸は、この世で最も憎ましい女にひれ伏さなければならなくなったことに起因しているのかもしれない。

「在り得ぬ」

居並ぶ家臣たちの筆頭に座した壮年の男が声を震わせて言った。この男の発言を待っていたかのように、広間の方々から声が上がり始める。しかしそれらは、ひとつも明確な言葉にはならず、ただ悪意の塊となって且元に浴びせられた。

「御静かにっ！」

先刻の男が叫ぶと、広間に静寂が戻る。すべての流れが、この男の掌中にあるようだった。

大野治長。

淀の方の乳母をしていた大蔵卿局《おおくらきょうのつぼね》の息子である。乳母子として淀の方のお気に入りで、秀吉が存命中から豊臣家のなかをうろちょろしていたのだが、その死後急に大きな顔をして大坂城のなかを闊歩《かっぽ》するようになった男である。関ヶ原の折に徳川に接近し、家康の力で家老となった且元が、淀の方によって政の中枢から遠ざけられると、裏で家臣たちを牛耳《ぎゅうじ》ったのがこの治長であった。

いまの豊臣家は、淀の方と治長によって回っているといって良い。

怨嗟《えんさ》に満ちた眼差しで広間中央の且元を見据える治長が、本多正純を思い出させるような冷やかな声を吐く。

「秀頼様の江戸への参勤か、淀の方様を江戸へ人質に差し出す。もしくは大坂城を明け渡し大和郡山《こおりやま》のあたりへ移る。この三つのいずれかから選べと、家康殿が申しておられるというのか」

「い、いや、決して大御所様はそのようなことは申しておられませぬ」

且元が考えた条件であった。

家康の怒りを解《ほぐ》すためになにをすれば良いか。それは且元自身が考えろと、正純と崇伝は言った。結局それ以上の譲歩はなく、二十日ほど駿府に滞在した且元は、なんの収穫もなく大坂へと戻ったのである。

　こうなると、条件を考えなければならない。

　もはや家康は、豊臣家が徳川家と対等であることを許さないと言っているのだ。秀頼が参勤するか、淀の方を人質として江戸に送る。または大坂城を明け渡すくらいのことをしなければ、豊臣家が徳川家に屈服したことを示すことにはならない。

　葵《あおい》の紋の前にひれ伏し、服従を誓え。

　それが家康の望みである。ならば、先の三つのいずれかを速やかに決行する以外に、豊臣家が生き残る道は残されていないのだ。

「駿河から大坂までの道程で、某が思い定めたものにござります」

　治長のやけに耳障《みみざわ》りな甲高い声が詰め寄って来る。

「片桐殿は」

「家康殿に会われたのか」

「いいえ」

「なんと、会わなかったのか！」

　上座から女狐が叫ぶ。

　どちらの声も、且元の癪《しゃく》に障る。

「会うことが出来たのは本多正純殿と以心崇伝殿のみで、結局一度も大御所様の姿を見ることは叶わず、某も駿府城に呼ばれぬまま……」

「おめおめと帰ってきたというのか御主は！」

御主……。

主でもない女狐に御主呼ばわりされるほど、且元は落ちぶれてはいない。雄々しい想いは腹の底で怒りとなって胃の腑を苛《さいな》むだけで、決して表に出て来はしない。落ちぶれていないと心中で嘯《うそぶ》きながらも、面《つら》の皮には卑屈な笑みが忘我のうちに浮かぶ。そのおもねるような笑みを目にして、高慢な年増《としま》のふっくらとした白い頬がひくひくと震える。

「家康に会えずに戻ってきたというのなら、妾《わらわ》が人質として江戸に行けというのはなんじゃ！」

「だからそれは某が……」

「御主が家康に成り代わり、豊臣家を陥れる算段をしたと申すか！」

「お、陥れるなど、そのようなことは……」

「悪あがきは御止めなされ」

老婆の声が、女狐と且元の間に割って入った。淀の方の背後、上座の隅にくぐもった闇がぬるりと動き、皺に覆われた顔を露《あら》わにする。淀の方の乳母であり、大野治長、治房兄弟の母である、大蔵卿局であった。

歯が綺麗さっぱり抜けて暗い洞穴と化した口を弓形《ゆみなり》に吊《つ》り上げながら、老いた尼が丸い目を且元にむけている。

「其方は家康に会わなんだと申したな」

且元を見る老婆をそのままに、淀の方が欲深い年増のぎらついた眼で且元を問い糺《ただ》す。

「左様」

うなずくしかない。取り繕ったところで仕方が無いのだ。且元は家康に会わなかった。それは、徳川は豊臣を許しはしないという明確な意思の顕《あらわ》れである。

「妾は御会いしましたが」

淀の方の背後の老婆が唐突に言った。

家臣たちは上座の女たちと且元のやり取りを注視するだけで、口を挟むことすら忘れている。そんななか、治長だけはすべてをわかったように、顔色ひとつ変えず、うろたえる且元を細めた目で眺めている。

上座の妖物《ようぶつ》に、身を乗り出すようにして且元は問う。

「いま、なんと申された」

「妾と正栄尼《しょうえいに》殿も、駿府に行きましてな」

正栄尼は豊臣家の臣、渡辺糺《わたなべただす》の母である。

「まさか」

呻《うめ》くようにして言うと、且元は淀の方を見た。尖った鼻先をつんと天井にむけ、愚かな家老めとでも言いたげな居丈高《いたけだか》な視線でこちらを見下ろしている。

「妾が頼んだのじゃ」

命じたわけではない、頭を下げて頼んだのだ。この女にとって且元のごとき臣は手足同然に使う物で、己の乳母や家臣の母をこそ丁重な態度で遇し、細やかな情を以って接するものなのである。

このような女のために、腸《はらわた》を痛めて豊臣家を守るなど、これほど馬鹿らしいことはない。なにもかもが馬鹿らしくなって、己が情けなくなる。

それでも……。

上座中央に座る青年は、父と慕った主が死の刹那《せつな》まで心底から愛し、己に託してくれた子なのだ。

秀頼のために。

どれだけ女狐たちに悪《あ》しざまに罵《ののし》られようと、且元が豊臣家を捨てられないのは、秀頼を大坂に残して去ることはできぬというたったひとつの意地のためだった。

「且元殿」

大蔵卿局が呼ぶ。力の入らぬ体を奮い立たせ、重い顔を上げて老婆の目を見た。

「家康殿は妾達には快う会《お》うてくださいましたよ」

腸がねじれあがる。

何故……。

何故、家康は己には会わずにこんな老婆と会ったのか。淀の方の乳母だ。豊臣家の意を汲んでの下向以外にありえない。大蔵卿局の面会が、今回の件に起因していることなど、家康には十分にわかっていたはずだ。承知した上で、家康は且元の登城と会見を拒み、大蔵卿局たちには会った。

なにか良からぬことが起きようとしている……。

「家康殿は終始にこやかで、方広寺のことは気にせずとも良いと仰せになられた。別段、気にもしておらぬゆえ、豊臣家に悪いようにはなさらぬとな」

「そんな訳はありませぬっ！」

胃の腑の痛みを吐き出すように、気付いた時には且元は叫んでいた。

「これは策にござるっ！　大御所様は我等の分断を謀《はか》っておられるのじゃ！」

名を呼ぶ淀の方の声には、動揺は微塵も感じられない。長年の忠臣の激昂《げっこう》にすら、まったく心を動かしていなかった。

「其方は家康に会《お》うてもおらぬくせに、秀頼の江戸下向や妾を人質に送ろうなどと申し、徳川への服従を強いたのは如何なる存念あってのことか」

「それは、だから……」

「大蔵卿は家康に会うたのじゃ。そして方広寺のことは案じることはないという確約まで得ておる」

「口約束でありましょうっ！　誓紙があるわけではないっ！」

自分で言っていて馬鹿らしくなる。もし誓紙があったとしても、そんなものはいざとなったら鼻紙同然に破り捨てるだろう。鐘の銘文などという愚かしいほどの言いがかりをさも当然というように突き付けてくるような遠慮の無い古狸に、口約束であれ誓紙であれ、なんの意味ももたない。

「皆の衆」

淀の方が居並ぶ家臣たちを睥睨《へいげい》する。

「信じるに足るのは、いずれか。家康より直々に案ずることは無いという言葉を得た大蔵卿か。それとも城に上ることすら許されず、みずからの存念によって豊臣家の服従を強いる且元か」

ここまで鮮やかに言葉にされて、今更ながらに家康の深謀遠慮《しんぼうえんりょ》に寒気を覚える。一時は西の丸を住まいとして天下の政を行った家康だ。大坂城の内情は十分過ぎるほど心得ている。

家康ははじめから、且元がいま目《ま》の当たりにしている物を望んでいたのだ。且元に会わなかったのも、大蔵卿局たちに良い顔をしてみせたのも、はじめから仕組まれていたのだ。

これで駿府の狸の腹の裡は明確に読めた。

豊臣家の滅亡。

家康の腹にはこの一事しかない。そして恐らく、もはやどんな策を打とうとも遅いのだ。すでに豊臣家は徳川の、いや家康の掌の裡にあるのだから。

余裕の笑みを浮かべる大蔵卿局が、上座から且元を見下ろしている。どちらが有能なのか、どちらが淀の方の覚えが目出度いのか。そんな矮小《わいしょう》な事柄を物差しにして、老婆は且元を軽んじていた。

「もはや」

とげとげとした声が、家臣の先頭で聞こえた。老婆の子である治長が、力を失った且元の横顔に冷めた視線を投げる。

「どのような抗弁をしても、無駄なようにござりまするな」

且元に利はない……。

治長の言葉は、豊臣の家臣の総意。そう言いたげに、男たちが堅く口を噤《つぐ》んでいる。

もはやこの場に己の居場所はないと、且元は確信した。

「少しだけ……」

家臣の列から瑞々《みずみず》しい声が上がった。且元は声の方を見た。目鼻の整った若武者が、目にも眩しい蒼《あお》の直垂《ひたたれ》の袖を揺らし、腕を挙げていた。

木村重成《きむらしげなり》という名を且元は頭に思い浮かべる。母が秀頼の乳母を務め、自身は幼き頃より小姓を務め、年長じてからは臣下の列に加わった。秀頼と年も近く、覚えも目出度い。

煩《わずら》わしそうに治長が目線で発言をうながすと、重成は静かに辞儀をして上座にむけて口を開く。

「且元殿は長年豊臣家のために尽くしてこられた御方。嘘を吐く理由がありませぬ。

大御所様には会えずとも、本多殿から此度の一件が並々ならぬ事態であることを伝えられたのでしょう。それ故、先刻の三つの条件を御考えになられた。且元殿が徳川と通じておられるのなら、大蔵卿と同調し、大事ないと申して我等を油断させればよいのではありませぬか。楽観しては危ないと某は思いまする」

「儂も……」

上座から秀頼の声が聞こえる。

「且元は、嘘は申しておらぬと思う」

秀頼が己をかばってくれていると思うと、胸が締め付けられる。我が子よりも手塩に掛けた。我が城に戻ることは少なく、子に会うことも一年のうちに数度あれば良し。且元は己の生のすべてを、秀頼に捧げた。

拾《ひろい》を頼む……。

赤子の秀頼を抱えた秀吉に頼まれた時から、且元はこの赤子を終生の主と定めた。

「ならば大蔵卿が嘘を吐いておると申すのか」

二人の反論に小動《こゆるぎ》もせず、淀の方が横目で息子を見た。その冷たい視線に刺されると、秀頼は面の皮を引き攣《つ》らせて固まるしかない。物心付いた頃から、母の思うままに育ってきたのだ。自然とその顔色をうかがうようになっているし、母の意にそぐわぬことができぬように心身が形作られている。

「御方様」

重成がなおも食い下がる。

「黙れ」

別段叫んだわけでもないのに淀の方の声は、広間に轟《とどろ》いた。戦国の雄、織田信長と浅井長政の血を継ぐ傑女《けつじょ》の気迫には、若き壮士もさすがに息を呑んで黙るしかなかった。

この家は淀の方の意のままに動くしかない。

ならば……。

どれだけ且元が我を張ってみても無駄なのだ。

それでも、やるだけのことはやらねばなるまいと思い定め、且元は膝を前に滑らせた。

ぎりりと胃の腑が縮む。どうにでもなれと腹中にむかって声にならぬ言葉を吐き棄《す》てると、上座を見据え心の赴くまま、想いのありったけを口にした。

「某を信じてくれと申しておるわけではござりませぬ。大蔵卿の申されたこともまた、事実なのでありましょう。大御所様は大蔵卿に案ずるなと申された。ですが、なれば何故、方広寺の落慶法要の日取りに口出しをし、鐘の銘文ごときに難癖を付けるのでありましょうや。某と大蔵卿の駿府への下向に目を奪われ、大局を見過ごしてはなりませぬ。今度の一件にて某には大御所様の腹の裡がはっきりとわかり申した。大御所様は豊臣家をこの世から消す御積りにござる」

「且元っ！」

たまりかねたように淀の方が声を張る。

「先刻から御主は綺麗事を並べ立てておるが、大御所様、大御所様と、家康を主のごとき口振りで呼んでおるのは如何なる存念あってのことかっ！　どれだけ言葉を並べ立てようと、其方が我等と家康の仲を裂こうとしておるのは目に見えておる。妾の目は節穴ではないっ！　其方の顔など二度と見とうはない。殺されぬうちに城を出よっ！」

「御方様っ！　秀頼様っ！　どうか……」

且元はなおも詰め寄る。上座へとにじり寄る肩を、何者かの手が摑む。

治長だ。

薄ら寒い笑みを浮かべた治長が、且元の肩に手を置きながら見下している。

「これ以上悪あがきをすれば、豊臣家に忠を成して来られた其方を罪人として捕えねばならなくなる」

血走った眼で治長を見上げながら、且元は問う。

「本気で申しておるのか」

「試されまするか」

肩から手を放し、治長がその尖った顎先を且元から上座へと小さく動かす。

にじり寄ってみよ……。

冷笑を浮かべる治長の氷柱《つらら》の如き視線がそう告げていた。

「あぁ……」

肩から力が抜ける。

「阿呆らし」

つぶやくと同時に、且元の左の目尻から涙がひとつ零れ落ちた。

深々と。

その場にひれ伏す。

「それではこのあたりで、御暇を頂戴しとうござります」

「且元……」

「秀頼殿」

呼び止める声を、淀の方が律する。
胃の腑の痛みに耐えながら、重い体を持ち上げた。
終生の主と見定めた青年に背を向け、静かに広間を辞す。
この日、且元は一族とともに大坂を出て、弟貞隆《さだたか》の居城、茨木城に籠った。

参　征夷大将軍　徳川秀忠

「今度は父上に遅れてはならぬ。ならぬのじゃ……」

老臣を前に、征夷大将軍、徳川秀忠は親指の先を噛み締めた。鞢《ゆがけ》に覆われた指に、尖った刃先を押し込むようにして強く噛む。

指先の痛みが、苦汁を味わわされたあの時の記憶を蘇らせる。

忘れてなるものか。

十四年前、秀忠は侍として最悪の恥辱に塗れた。

信州上田城でのことだ。

石田三成の挙兵を知り、父、家康はみずからに与する大名たちとともに西国へと上った。秀忠は徳川の本軍三万八千を率いて中山道《なかせんどう》を行き、西国で父たちと合流するはずであった。その行く手に立ちはだかったのが、信州上田城に籠る真田昌幸、信繁《のぶしげ》親子だった。

初陣であったことを言い訳にするつもりはない。城に籠る兵が三千にも満たないと知り、容易《たやす》く勝てると思うのは当然のことではないか。

しかし。

城はなかなか落ちなかった。開城すると言って来た昌幸の言葉を信じて待っていたが、卑怯なる真田の棟梁はいつまで経っても門を開かなかった。焦って開城を促すと、今度は戦じゃといって矢を放ってきた。そうしていたずらに時だけが過ぎ去り、秀忠は上田の地に釘付けにされてしまった。

十四年の歳月が経ち、将軍となったいまでも、秀忠は後悔している。真田親子を討ち取るまでは退けぬと依怙地《いこじ》になってしまったことを。あの時の秀忠の頭のなかには、西国で待つ父親のことなど綺麗さっぱり消え果ててしまっていた。そして、天下分け目の戦に遅れた。

戦が始まるから早く来いとの書が父から届き、急いで西国へとむかったが、途中川の増水などで足止めを食らったこともあり、なかなか進軍が思うようにならず、徳川本隊の到着を待たずに、関ヶ原の地において戦は一日にして決着が付いてしまった。

一方の総大将であった父は、みずからの本軍を率いぬまま、他家の軍勢の奮戦によって勝利を収めるという事態に陥ってしまったのである。秀忠自身の遅参だけでは済まされぬ、徳川家の失態であった。

そして……。

愚行を挽回する戦場は二度と巡ってこなかった。天下はふたたび安寧《あんねい》を取り戻し、父は将軍となって武士の頂に登りつめてしまったのである。

愚かな二代目。

どれだけ政を懸命に熟《こな》したところで、武士は所詮、武芸を生業《なりわい》とする生き物である。古今未曾有《みぞう》の大戦に遅参したような者を、心底から信頼する者はいない。頭を下げる大名たちの目は秀忠の背後で輝く、いまだ健在な父の威光を見ている。

家康あっての二代将軍秀忠。

父の跡を継いで九年が経ったが、未だにその構図は変わらない。

「やっと……。やっと巡ってきた機を逃す訳にはゆかぬのだ」

眼前で老臣が黙したままうなずいた。

本多正信。かつては父の腹心として、数多くの謀《はかりごと》を成してきた男である。息子に将軍を任せ、駿府に引いた父の元には、その子の正純が側近として仕えている。新たな将軍のことを心許なく思った父が、最も信の置ける男を江戸に残した。それが正信である。

「すでに五万の兵は支度万端整えておりまする。殿の御声ひとつで、行軍を開始いたしまする」

正信が乾いた声で言った。

父が十二日ほど前に五百ばかりの兵とともに駿府を発したという報せは入っている。こちらは五万の動員だ。支度に手間取りはしたが、なんとかすべてを終えて、出陣までこぎつけた。

〝某が参るまで、戦を御始めになられぬよう、何卒《なにとぞ》何卒御願いいたしまする〟

出陣を報せてきた駿府の者に、言伝を託し父の元まで走らせた。

今度こそは、遅参などあってはならぬのだ。戦好きの父のことである。久方振りの戦場に立ち、息子と五万の本軍のことなど綺麗さっぱり忘れ、集まった諸将に攻撃の命を下さぬとも限らない。

「支度が整ったのならば、早《はよ》う出陣じゃ」

床几《しょうぎ》を蹴り飛ばしながら立ち上がり、焦りを露わにした声を老臣に投げる。苦笑いとともに正信が、大きくうなずいた。

「承知仕りました。すぐに出陣の命を下しまする。が、それほど焦られずともよろしいかと。先陣が城を出て、それから兵どもが続きまする。殿が御出馬遊ばされるのはまだまだ先のことでありましょう」

「わかった」

鼻の穴をおおきく膨らませ、秀忠は深く息を吸った。

焦る……。

倒れた床几を己が手で設《しつら》えなおし、ふたたび腰を落ち着けると、親指を噛んだ。気付かぬうちに右足が激しく揺れている。それを正信が堅い笑みのまま見ていることに、秀忠は気付いていない。

大坂の豊臣秀頼が、傅役であった片桐且元を城から追放し、戦支度を始めてからすでに二十一日。父はそれ以前から、諸大名に戦支度を密かに命じ、国許に帰らせていた。江戸から国許へとむかう途次、大名たちはかならず駿府の家康の元を訪ねる。秀忠ではなく、家康の指示を仰ぐためだ。

諸大名たちが大坂へと集わせる兵は十五万あまりに上ると思われる。徳川本隊が加われば二十万もの大軍となるだろう。その一切の差配を、父と正純が行った。将軍である秀忠は、駿府からもたらされる諸大名たちの動向を聞いて、支度を整える程度の役割しかなかった。もうひとつの役割といえば、福島正則や黒田長政《くろだながまさ》などの、反旗をひるがえす恐れのある豊臣恩顧の大名を江戸に留めておくことで、これなどは別に牢に監禁しておくわけではないから務めとも呼べぬ事柄であった。

とにかく江戸にはやることなどないのだ。一刻も早く大坂へと上り、父とともに戦場に立つ。征夷大将軍は武士の長《おさ》である。みずから兵を率いて功を争う必要はない。参陣を果たすだけで秀忠の役目は果たされるのだ。父の隣で勝利を収めさえすれば、十四年もの長きにわたり付きまとった汚名が払拭《ふっしょく》されるのである。

これで焦らぬ者などいるはずがない。

「正信よ」

膝を揺らしながら腹心を呼ぶ。

将軍の出陣だ。もちろん正信の他にも徳川の重臣たちの顔が並んでいる。それでも秀忠の目は、父の懐刀と呼ばれた老人の顔しかとらえていなかった。

「はは」

重臣連中の最前に座る正信が、笑みを崩さぬまま小さく頭を下げた。

「父は待ってくれるかの」

正直な想いを問いにして投げる。気弱な言葉を重臣たちに聞かせることは憚られはしたが、それでも抑えきれなかった。一刻ごとに胸の奥で膨らんでゆく不安を、一人で抱えていることに耐えられなくなっている。

「今度の戦は籠城戦にござる」

しずかに老臣が言った。

いち早く大坂に着いた大名たちからの報せによれば、豊臣は十万もの兵を集め城の周囲に砦《とりで》を築かせたが、城から打って出るような動きはないという。

「時を争うような戦ではござりませぬ。こちらから無理に仕掛けねば、敵もまた動きますまい。大御所様もそのあたりのことは重々承知のはず。将軍であらせられる秀忠様を待ち、満を持して開戦の下知を下されることは間違いありますまい」

「またも川が荒れて足止めされたら、どうする」

十四年前の光景がどうしても頭から離れない。長雨の影響で水嵩が増した川の前で、三万を超す兵の視線を背に受けながら呆然と立ち尽くしたあの日のことを。遅参の果てに面会を拒まれ、やっとのことで会ってくれた父の怒号を。

思い出すだけで体が震える。

「御寒うござりまするか」

正信が言った。

「大丈夫じゃ」

答えて口をへの字に曲げる。

この日、秀忠は江戸を発し、十七日あまりかけて京へと入り、家康と合流。その五日後、親子は二手に分かれて大坂を目指した。家康は大和路《やまと》から奈良へ入り、法隆寺《ほうりゆうじ》へと進路を取り大和口から大坂へ。秀忠は淀川縁を南下し、枚方《ひらかた》から河内口を経て大坂へと入る。

都を出てから三日後、親子は茶臼山《ちやうすやま》で評定を開くことと相成った。

総構えの大坂城の西側から南へと下ったところに茶臼山はある。小高い丘といった風情《ふぜい》で、四半刻もあれば頂まで辿り着く山であったが、ここから北方を望むと大坂城が一望のもとに見渡せた。家康はこの地を大御所の陣所としたのである。

蒼天の元、幔幕《まんまく》を張り巡らした頂に、大坂に集った諸大名が並ぶ。三つ葉葵が染め抜かれた幕を背にした上座に、秀忠は父と並んで座っていた。

齢七十三。

もはや生きているだけでも驚かれる年になった父は、恰幅の良かった若き頃を思わせるふくよかさは相変わらずなのだが、ひとまわりほど小さくなったように思えた。

普段、駿府と江戸を互いに行き来しながら屋内で面会していると、さほど年を感じぬのだが、こうして鎧姿《よろい》を目の当たりにすると、めっきり老け込んでしまったと実感してしまう。

「なんじゃ、人のことをじろじろ見おってからに」

己に向けられている息子の視線など先刻承知であるとばかりに、父が諸大名を眺めながら憎らしそうに言った。

すでに評定は始まっている。

いまは大名たちが引き連れてきた兵の数と陣容を、正信が順に説明しているところだった。

「い、いえ」

それしか言いようがない。父上もすっかり老けてしまわれましたな、などと気安い口が利けるような親子では、幼き頃からなかった。父は常に戦場にあり、城にいる時も家臣たちに囲まれ、子供たちとまともに相対することなどなかった。だからいままでも、秀忠と父の間には分厚い見えない壁がそびえている。秀忠は越えようとは思わないし、父もまた越えてこられることを望んでいるようには思えなかった。

「大方、爺ぃになってしもうたのぉ、などと思うておったのであろう」

「そっ、そのようなことは」

「そうやって声を荒らげてしもうては、図星であったと申しておるのと同じことではないか」

「い、いえ、あの……」

どうしても。

父の前では口下手《くちべた》になってしまう。生来、そこまで口が達者な方ではない。それでも江戸で重臣たちと政にいそしんでいる時は、それなりに流暢《りゅうちょう》に語りはするのだ。しかし、父の前ではそうはいかない。発しようとした言葉が喉につかえて出て来なくなる。そんな相手は父以外にいなかった。

いや……。

もう一人いる。

妻だ。

浅井長政と織田信長の妹の間に生まれた妻は、伯父の血を色濃く受け継いだのか、気が荒く、将軍である夫のことを見下しているようなところがあった。この妻を前にしても、秀忠は父と同様、思うままに語ることができない。

そしていま……。

攻め滅ぼそうとしている城のなかに籠っているのは、妻の姉と、その子なのである。

豊臣秀頼を生んだ淀の方は、妻の実姉であった。秀頼にとっても義理の姉にあたる。敵の総大将、豊臣秀頼は甥なのである。

それだけならばまだ良いのだが、秀忠にとってもっとも懸念《けねん》すべきことは、その秀頼の妻が己の実の娘だということだった。

徳川と豊臣の繋がりを深めるため、父が決めた縁談である。娘がまだ乳飲《ちの》み子であった頃に決められ、七歳の時に大坂に嫁に行った。あれからもう十一年もの歳月が流れている。幼かった娘も十八になっているはずだった。

「秀忠よ」

娘のことを想い奥歯を嚙み締めていた秀忠の頰を、父の軽い声が叩く。思惟から目覚めさせられた秀忠は、目をしばたかせながら隣を見た。

髪も眉も髭もすべて真っ白になった父は、息子を見ずに、居並ぶ大名たちに顔をむけていた。いささか萎んだ横顔を見つめていると、前をむいたまま父が笑う。

「今度は遅れずに参ったな。褒めてつかわす」

本心からというより、揶揄《からか》いの上での言葉であった。

「それもこれも、父上が京にて某を待ってくださった御蔭です」

揶揄いに腹を立てるような歳ではない。秀忠は淡々とした口調で答えた。すると年老いた父が、鼻で笑う。

「待てたが故に待った。それだけのことよ」

暗に関ヶ原でのことを言っている。石田三成が大垣《おおがき》城を出て関ヶ原に布陣したことを知った父は、その日のうちに全軍を西へと向かわせ、朝になるとすぐに決戦に臨んだ。野戦で決着を付けんと望んだ父にとって、格好の機を逃すわけにはいかなかったのは、秀忠も重々承知している。

今更……。

あの時のことを蒸し返さずとも良いではないか。こういう父の執拗なところが、秀忠は殺したいくらいに嫌いだった。

「大御所様っ！」

家臣の列から怒鳴るような声が轟いた。あまりにも唐突過ぎて、秀忠は思わず肩を上下させてしまったのだが、父は眉ひとつ動かさずに、声のした方に目をやっている。動転した己の未熟さを厭《いと》う暇もなく、秀忠も父の視線を追った。

黒い甲冑に身を包んだ四角い髭面が、床几にどかりと腰を落ち着け、父を見据えている。

「どうなされた蜂須賀《はちすか》殿」

微笑みを絶やさぬ顔で言った父に、名を呼ばれた髭面が胸を張る。阿波《あわ》の大名、蜂須賀阿波守至鎮《よししげ》であった。祖父は秀吉の重臣で、荒くれ者で有名だった。その血を受け継いだ孫も、姿形だけは厳《いか》めしい。

「某の手勢にて、木津《きづ》川口の砦《とりで》を攻めることを御許しいただきたいっ！」

この大戦の先陣を買って出たも同然の発言に、男たちが声を上げる。

「ほほほ」

父が好々爺然《こうこうや》とした気楽な笑い声で、引き締まった場の気を緩める。

「御爺様に似て勇ましいの蜂須賀殿は」

褒め言葉と取ったのか、至鎮が髭の中に浮かぶ口の端をきりりと上げた。

蜂須賀家は豊臣恩顧の大名だ。今度の戦において敵に寝返ることも十分に考えられる。

「木津川口を攻めると申しておられるが……」

秀忠は髭面に語りかける。父と言葉を交わしていたつもりの至鎮が、首をわずかに傾《かし》げながら隣に座る将軍に目をやった。

「そは、御手前の手勢のみで行われる御積りか」

「左様」

固い笑みとともに、至鎮がうなずいた。先刻までの父に対する敬意を滲《にじ》ませた顔とは違い、人を小馬鹿にしたような微笑を湛えて秀忠を見ている。お前に戦のなにが解ると、目の奥で言っているように秀忠には思えて仕方がない。

馬鹿にするな……。

心の裡で吐き棄て、別の言葉を舌の上に乗せる。

「御手前の家は……」

「秀忠」

亡き太閤殿下に御恩を受けておられよう、と続けようとした息子を、父の声が止める。力は籠っていないが、妙に圧のある声であった。圧の籠った声で父に名を呼ばれると、昔から二の句が継げなくなる。

「まぁ待て」

にこやかに言ってから、家康は弓形に歪んだ目を至鎮にむける。

「其処許《そこもと》の御覚悟、真に天晴《あっぱれ》にござる。が、砦というものは敵を待ち受けるために築かれておるもの。御当家のみにてかかるは、いささか危のうござる。浅野殿」

「はっ！」

突然名を呼ばれて声をかえしたのは、紀州和歌山《きしゅうわかやま》の大名、浅野長晟《ながあきら》であった。

「其処許に搦手《からめて》からの攻め手を御頼みしたいが如何かな」

「かならずや務め挙げて御覧にいれまするっ！」

「池田《いけだ》殿」

「ははぁっ！」

今度は淡路洲本《あわじすもと》の大名、池田忠雄《ただかつ》を呼んだ。突然の大御所からの指名に歓喜したのか、忠雄は気合の声とともに立ち上がった。

「其処許は蜂須賀、浅野御両家の戦いぶりを見つつ、適宜御二人を助けていただきたいが如何かな」

「有難き幸せに存じまする」

蜂須賀も浅野も池田も、みな豊臣家との繋がりが深い大名である。もしも、三家がいっせいに裏切りでもしたら、城の西方の備えは薄くなってしまう。そのあたりのことを父は考えているのだろうかと、秀忠は不安に思う。

そんな息子の憂いなど知りもせず、父はふたたび至鎮に声をかける。

「儂は臆病でな。備えを万全にいたさねば采を振れぬ小さき男なのよ」

「い、いや……。某は木津川口の砦を攻めることを許していただければ、それだけで良いのです」

「ほほほ。それは良かった。その言葉を聞いてこの家康も、胸を撫で下ろし申した」

先の将軍である者が、孫ほども年の離れた男たちにそこまで遜《へりくだ》る必要があるのかと思うほどに、父が深々と頭を下げた。

「では、決行は明日の早暁《そうぎょう》で宜《よろ》しいかな」

父の問いに三人がいっせいにうなずいた。

その後、包囲の布陣などを話し合って、評定は終わった。一人残るように命じられた秀忠は、幔幕の裡で父と対面するように座を変えた。もちろん父が上座である。三つ葉葵を背にして背を丸める白髪の狸を前に、秀忠は鼻の先を持ち上げながら問う。

「良いのですか」

「良いのじゃ」

息子がなにを言わんとしているのか承知の上だとばかりに、父が微笑のままうなずいた。見透かされたような気がして、秀忠は焦る。焦りが言葉となって、猛《たけ》るままに飛び出す。

「裏切られたらどうなさる御積りか」

「ほほほ」

幼子の悪戯《いたずら》を笑うような余裕のある声が、秀忠の心をいっそう苛立たせる。

「木津川口を攻める三家はいずれも豊臣との繫がりが深《ふこ》うござる。もしも……」

「それ故に選んだのじゃ」

秀忠の言葉をさえぎって、家康が言った。

「良いか秀忠」

腰を浮かせて股の下に手を伸ばし、腰を落ち着けていた床几を手に取ると、父は中腰のまま息子との間合いを詰める。膝と膝がぶつかるほどに近付いてから、己が床几を地に落ち着け、腰を下ろす。それから息子の目を見つめ、ゆっくりと話しはじめた。

「御主が憂いておることは、他の大名たちも憂いておることじゃ。蜂須賀、福島、加藤、黒田。このあたりが裏切るやもしれぬと、大名どもは疑心暗鬼よ。それ故、至鎮はみずから木津川口を攻める許しを乞うてきたのよ。某は決して裏切りませぬ。そう言いたくてみずから手を挙げたのじゃ」

「しかし」

「まぁ聞け。浅野と池田を選んだのは儂じゃ。三人にかねてから謀議があった訳ではない。三家のなかに裏で豊臣と繫がっておる者がおったとしても、他の者がかならず制する。制することが功となるからな。ゆえに、三家はかならず木津川口砦を攻めねばならぬ。そして、三家が砦を落としたらどうなるか。豊臣家と縁の深い蜂須賀どもが、こぞって豊臣を攻めたと聞けば、足元の定まらぬ大名どもも、我等に与することで腹を定めるはずじゃ。そうなれば、もはや裏切り者など出はせぬ。明日の緒戦が、すべてを決める」

「父上はそこまで御考えになられて……」

「阿呆」

言いながら父が息子の肩を叩いた。

「政も同じぞ秀忠。裏の裏、幾重にも糸を張り、気取られようと決して揺るがぬ。用心に用心を重ね、そのうえで余裕の笑みを浮かべるくらいの器がなければ、将軍は務まらぬものと思え。良いな」

ふと……。

父に聞いてみたくなった。

秀忠は江戸を出る時からずっと、心に刺さり続けている疑念の針を父に掲げて見せる気になった。

「父上はこの戦で豊臣を滅ぼすおつもりか」

「あの女狐はそこまでせぬと大人しゅうはならんじゃろうて」

苦々しく言った父の目に苦渋の色が滲む。淀の方の強情さは、気性が似たその妹を妻に持つ秀忠には痛い程わかる。たしかに父の言う通り、淀の方は決して徳川に頭《こうべ》を垂れることはないだろう。

「滅ぼしまするか」

もう一度問うた息子に、父は深くうなずいた。

ここからだ……。

本当に秀忠が聞きたかったことは。

「千姫は如何なされるおつもりか」

娘だ。

秀頼に嫁いだ秀忠の娘である。千姫は父にとっては、可愛い孫だ。豊臣を滅ぼすと言った父が、千姫のことをどうするつもりなのか、聞いておかなければならないと思った。

「出来得るならば……」

そこで父は言葉を切って、深く息を吸った。大きな腹で一度息を溜めてから、ゆっくりと吐き出す。老いて乾いた唇を揺らし、父は言葉を選ぶように静かに語る。

「落城ということになったならば、その前にはかならず城内に引き渡すよう求めるつもりじゃ」

「先方が拒んだら如何なさりまするか」

「その時は……」

口籠ると、秀忠は心につぶやく。口籠るということは、死んでも仕方ないと言ったも同然ではないか。

父は孫を見殺しにするつもりである。

出来ない男ではない。

父はみずからの嫡男を殺している。秀忠の兄である信康は、当時父と同盟関係にあった織田信長の命によって殺された。今川と通じているという疑いをかけられた末の死であった。信長が命じたとはいえ、織田家と徳川家は同盟関係である。判断は父に委ねられていた。しかし父は、信長の圧力に抗しきれず、家臣に命じ子を殺させた。

もしも、信康が生きていれば、秀忠が将軍になることはなかったかもしれない。いまの秀忠の苦悩は、この時の父の決断に起因しているといえなくもなかった。

「千姫を大坂に嫁に出すと御決めになられたのは、父上にござりまする」

想いがそのまま言葉となって口から零れ出す。父にどう思われるかなど考えてもいない。ただただ想いが声となり、次から次へと溢れるのをどうしようもできなかった。

「豊臣と好《よしみ》を通じ、幾久しく縁を深めてゆく。そう父上は仰られたのです。豊臣恩顧の西国大名たちは大坂に手綱《たづな》を握らせ、徳川は東国にて将軍として武士の頂に座る。両家が手を携えて日ノ本を統べる。それが最良の道である。そう仰せになられたから、某は千姫を大坂にやったのです」

東と西。

徳川と豊臣。

日ノ本を二分して治めるという父の言葉に、秀忠は不足はなかった。この国には帝がいる。都には朝廷がある。そもそも武士の政自体が、朝廷と並立して存続しているではないか。どれかひとつを選ぶことなどせずとも、この世は回って行くのだ。

幔幕のむこうにあるはずの大坂城を指さして続ける。

「淀の方と我が妻は姉妹にござる。秀頼と千姫は夫婦であり従兄妹でもあるのです。これより先、二人の間に子ができれば、そは両家の嫡男ともなれる子にござる」

「秀忠よ」

熱に浮かされるようにして想いを迸《ほとばし》らせる秀忠に、父の冷や水のごとき声が浴びせ掛けられた。やはり圧の籠った声である。己でも驚くほど饒舌《じょうぜつ》に語っていた勢いが、急に衰え口が強張ってしまう。どうすることも出来ずに、言葉を繋げようと必死に心を奮い立たせる息子を尻目に、父が溜息混じりに冷やかな声をこぼす。

「御主はこの戦を望んでおらなんだのか」

単刀直入、聞きたいことだけを父は鋭利な刃にして息子に突き付ける。いくつもの言葉を連ねなければ、みずからのまとまらぬ想いを伝えられない息子とは大違いである。

「どうなのじゃ」

答えを急かすように父が詰め寄る。

「某は……」

望まぬと答えるべきなのか。

望まぬからといって、この状況がどうなるというのか。

秀忠は将軍である。父は無職の隠居でしかない。本来、諸大名に大して大権を振るえるのは、父ではなく秀忠なのだ。その秀忠が、今度の戦を厭うている。そうなった時、この地に集った大名たちは、どんな行動に出るだろうか。

想像が付かない。

「ならば何故、五万もの兵を率いてこの地に参ったのじゃ。それだけではない。儂に、某が来るまで始めてくださるなと頼みこんできたのは何故じゃ」

その通りだ。

はじめから反対していたのならば、江戸に留まるべきなのだ。豊臣と父の間に立って、戦を止める算段をしなければならなかったのである。現に妻は豊臣と事を構えることには終始反対していたではないか。父の暴走によって始まった今回の戦においても、姉と千姫の身柄だけはどんなことがあっても確保するよう頼まれてきているのだ。

それでも……。

秀忠は五万もの徳川本軍を率いて、大坂に上った。己が着くまで待ってくれと、父に頼み込みもした。

焦っていたではないか。十四年前の失態を挽回できる機が到来したことを、喜んでさえいたではないか。その機が、豊臣を滅ぼすことになるかもしれぬ物だということを、あの時の秀忠は思いもしていなかった。千姫の身を案じてはいたが、この戦で父がなにをやらんとしているのか、その真意を把握できてはいなかった。

そんな己に腹が立つ。

どこまでも愚かで、考えが浅い。人の裏の裏まで見通すような目を持てぬ己が、秀忠はただただ憎い。

「秀忠よ」

父の声が重い。

圧は無い。が、穏やかでありながらも、どこか厳しい。泣いた子をあやすような、優しさを感じる声に、思わず秀忠は父の顔を頼りない目で見つめてしまった。

不甲斐なき息子で申し訳ありませぬ。

心のなかで詫《わ》びた。

「御主にとって、一番大切なものはなんじゃ」

「大切……」

つぶやいた我が子に、父がしずかにうなずく。天下に比類なき親子である。父は先の将軍、子は当代の将軍であった。しかしそれも家臣あってのこと。こうして二人きりで相対していると、気づかぬうちにただの父と子に戻ってしまう。

幼い頃は満足に会話を交わすことすらなかったのに……。

秀忠が将軍になってから、父との交わりが深くなったような気がする。

「すべてを守ることなどできぬ。なにかを拾えば、なにかを捨てねばならぬ。それが人の上に立つということじゃ。其方は将軍ぞ。なにを拾い、なにを捨てるか、わからぬままで事を起こすような真似はするな」

言った父の指が、秀忠の鳩尾《みぞおち》の辺りを突いた。

「それ故、己がなにを大事に思うておるか、しっかりと見定めておかねばならぬ。其方にとって、なにがあっても守らねばならぬ物のために、家臣たちに命を下すのじゃ。そのために犠牲になる者のことを憂いておっても、なにも始まらぬ。すべては己が胸の裡にある守らねばならぬ物のために、御主の全ての決断はあるのじゃ」

「天下を再び乱す……。それが私の願いであってもでしょうか」

「そうじゃ」

父はしっかりと息子を見据えたまま、揺るぎない声で答えた。その指はまだ、秀忠の鳩尾を突いたまま。

「だが」

父が言葉を継ぐ。

「儂の願いは天下の安寧じゃ。御主が乱を望むのであれば、儂は全力でそれを阻まねばならぬ」

「息子であっても」

「無論」

父の言葉に揺らぎはいっさいない。この老いた体の中心に、頑として動かぬ想いがそそり立っているのだ。故に、父は決して揺らがない。それが、将軍として、天下を統べる者としての覚悟なのだろう。

果たして己にはそこまでの覚悟があるのだろうか。

自信がない。

「良いか秀忠。御主は千姫と天下の安寧のいずれを大事に思うておる」

「天下の安寧と父上は仰せになられまするが、父上の申される天下の安寧とはすなわち、徳川家の支配の元の安寧ではありませぬか」

「当たり前ではないか」

人差指が拳のなかに吸い込まれ、父が身を乗り出す。

「わかっておらぬのか」

突き出された拳が秀忠の腹を打ったまま、鎧の上で固まった。父の紅《あか》く染まった眼が、息子を見据えたまま動かない。

「儂はなんとしても豊臣を滅ぼさねばならぬ。良いか秀忠。そは、すべて御主のためなのだぞ」

「父上」

己のために今度の戦は始まった……。

思っても見なかった父の言葉に、秀忠は返す言葉を見失う。

すべては父の妄執から起こったことだと、いままで思っていた。豊臣家に打撃を与え、徳川の安寧を揺るぎなきものにする。そのための戦であることはわかっていたのだが、よもや我が子のために父が行動を起こすなど、考えてもみなかった。

「徳川家の安寧とはすなわち御主の安寧ぞ。それを重々肝に銘じておけ」

父の顔が揺れている。皺に覆われ、たるんだ下瞼《したまぶた》の縁が灯火に照らされ輝いていた。

泣いている。

父が。

「儂はもう長くはない。大御所の政はじきに終わる。そうなれば、名実ともに御主こそが天下の将軍になるのだぞ。天はふたつはいらぬ。儂がおらぬ世に、豊臣という名の天はいらぬのじゃ」

父はなにかを恐れている。

豊臣の天……。

それは淀の方ではないはずだ。

三年前、父は伏見で秀頼と会見した。

伏見で父はなにを見たのだろうか。

豊臣秀頼。

大坂城の奥深くで女たちに囲まれて育った愚か者だという。

では父は何故これほどまでに大坂を恐れるのだろうか。何故、孫娘の命を危険にさらしてまでも、豊臣家を滅ぼさねばならぬと思い定めてしまったのだろうか。

「某では秀頼には勝てませぬか」

問いが口から零れ出す。

父は……。

答えてくれなかった。

だが、秀忠の問いを耳にした時、涙をまとった父の瞳が微《かす》かに揺れた。

「そうですか……。秀頼はそれほどの器量にござりまするか」

秀忠のつぶやきに、父は言葉を返さない。息子の腹に拳を留めたまま、口を真一文字に結んでいる。

「ようやくわかり申した。父上の存念が。某では、豊臣家がある世で、父上が亡き後の天下を支えきれぬ。それ故、寺の鐘に難癖を付けてまで戦を始められたのですな」

「わかってくれ。すべては徳川のためなのじゃ。御主の妻や子だけではない。御主の兄弟たちにも妻子がおる。譜代の家臣どもを路頭に迷わせるわけにはゆかぬ」

「某では将軍は務まらぬと」

怒りが声を荒らげさせる。

父が首を振りながら、老いた頰を激しく震わせた。

「戦無き世の天下であれば、御主にも十分治めることができよう。それ故、戦国の残り火は儂が消しておくのじゃ。わかってくれ秀忠。儂は決して御主を見縊《みくび》ってなどおらぬ。御主のため……。御主のためなのじゃ」

言って父が顔を伏せた。

小さい……。

死を間近にして父は小さくなった。

秀吉も、死の間際に憂いたのは己が子の行く末であったという。父もまた、死の気配を感じて想ったのは、子の行く末であったということか。

父と秀吉が異なるのは、太閤の死に際してその子はまだ幼かった。だが、父の子である秀忠はすでに一人で歩めるだけの年になっている。

「わかり申した」

己が腹に当てられた拳を両手で包み込むようにして握りしめ、秀忠は父に優しく語る。

「父上の御温情、謹んで頂戴仕ります」

「秀忠」

見上げた父の目から涙がひと筋こぼれ落ちる。

「某も覚悟を決め申した。これより先、どのようなことがあっても弱音は吐き申さぬ」

「儂が死んだ後のことは、なにもかも御主に任せる。年寄りの最後の我儘《わがまま》と思って、聞いてくれぬか」

「はい」

うなずいた秀忠の顔に浮かんだ笑みに、迷いの影は微塵もなかった。

肆　蜂須賀阿波守至鎮

秀吉……。

豊臣家への大恩……。

「知ったことかい」

蜂須賀阿波守至鎮は静かにつぶやいた。

三千の兵を四十艘《そう》の船に乗り込ませ、木津川べりに浮かべている。白地に黒の左卍《まんじ》に斜め分けの旗印を据えた総大将の御座船に陣取り、至鎮は闇夜に浮かぶ灯火の群れを見据えていた。

大坂城の南西、城と難波《なにわ》の海を繋ぐ木津川口に、敵が築いた砦である。

二十万もの大軍で城を囲んでいた。豊臣家に与する大名は日ノ本には残されていない。今更、補給を得られるはずもないのに、敵は木津川の砦に八百もの兵を置いて守っていた。

夜明けとともに攻め入る手筈になっている。すでに大御所、家康からの許しも得ていた。紀州和歌山三十七万六千石、浅野長晟が搦手より、淡路洲本六万三千石、池田忠雄を遊軍として、至鎮自身は正面から攻める手筈になっている。

「知ったことかい」

揺れる甲板《かんぱん》の上、床几に腰をかけながら再びつぶやいた。

阿波徳島《とくしま》十七万六千石。引き連れてきた八千のなかから選んだ三千とともに、すでに支度は整えている。至鎮が手を挙げ、それを振り下ろせば、四十艘の船が砦にむかって進んでゆく手筈になっている。

「殿」

床几の脇に控える中村重勝《なかむらしげかつ》が、腹に響く声を放つ。父の頃より蜂須賀家に仕える重臣は、その重厚な声とは裏腹に端正な顔立ちである。くっきりとした目で見据えられると、ひと回り以上年下である至鎮は、主の威厳を見せんとついつい居丈高になってしまう。

「わかっとるわ」

憮然《ぶぜん》とした態度で答え、至鎮は鼻を膨らまし溜息を吐く。

抜け駆けすべしという進言を、重勝がしてきた。浅野長晟や娘婿である池田忠雄に功を奪われては、蜂須賀家の名折れ。いや、徳川に痛くもない腹を探られることになる。蜂須賀家が豊臣家と完全に縁が切れていることを示すためにも、なりふり構わず木津川砦を攻め落とし、武功を示さなければならないと、重勝は言うのである。

「鬱陶しいのぉ」

「は」

「なんでもないわい」

独り言を耳聡《みみざと》く聞きつけた重臣に吐き棄てるようにして答えると、至鎮は血色の良い唇をへの字に曲げて掌中の扇で兜《かぶと》の庇《ひさし》を叩いた。祖父の頃より代々の当主が同じ形にあつらえる兜である。若い頃は相当荒々しかったという祖父の嗜好に合わせた武骨な前立てが物々しくて、至鎮はどうしても好きになれない。

そもそも……。

蜂須賀家がこれほど徳川家に気を使わなければならぬのも、祖父の所為なのである。

川並衆《かわなみ》。

尾張と美濃を流れる木曽《きそ》川の水運や人足の差配を受け持つ土豪たちはそう呼ばれていたらしい。

祖父はこの川並衆の棟梁の一人であった。土豪といえば聞こえは良いが、荒くれ者ばかりの人足を束ねる棟梁なのだから、賊徒の頭目と紙一重である。

そんな祖父が侍として立身出世を果たしたのは、秀吉のおかげである。織田家の末席に名を連ねていた秀吉が墨俣《すのまた》に城を築く折に、木曽川を使って物資を運び込む際に祖父の力を借りたのが縁となり、蜂須賀家は秀吉に仕えることになった。秀吉が天下一統の道をひた走るその後ろに祖父は従い、阿波一国を手に入れるまでの立身出世を果たしたのである。

だから蜂須賀家は、豊臣恩顧の大名であると目されていた。

関ヶ原の折、祖父から家督を継いだ父は、豊臣家に与することも徳川に付くことも出来ぬと言って頭を丸め、すべての領地を返上した。しかしこの時、至鎮は父の命にて家康とともに会津に進軍しており、そのまま徳川方に与して関ヶ原を戦った。この功によって、父が返上した阿波一国は、至鎮に与えられる形で蜂須賀家に戻ってきたのである。

関ヶ原で戦った時、至鎮はまだ十五歳であった。

至鎮が生まれた年に祖父は死んでいる。物心付いた時には秀吉はすでに老齢で、かつて天下一統にむけて突き進んでいた頃の覇気など微塵も感じ取ることはできなかった。すべての物を手に入れ、人の頂点に立ち、興味といえば幼い我が子を愛《め》でること。

腑抜けた老いぼれ……。

至鎮の目に映った秀吉はそれ以上でも以下でもなかった。尊敬に値するような価値も見いだせなかったのである。

秀吉が死に、秀頼の代になると、もはや天下は徳川家の物であった。

至鎮が棟梁として蜂須賀家を切り盛りしてきたのは、江戸の徳川将軍の政の下であった。至鎮にとって天下といえば、豊臣ではなく徳川なのである。徳川将軍家こそが公儀であり、豊臣家は過去の遺物でしかなかった。

それなのに……。

いまだに蜂須賀家は疑われている。父ならばいざ知らず、至鎮が棟梁となってもなお、蜂須賀家を豊臣恩顧の大名家であると信じて疑わない者は多い。

実際に、味方の陣中では豊臣恩顧の大名に対する根も葉もない噂が飛び交っている。秀吉の正室の血筋である浅野家が、徳川を裏切ったという流言を、至鎮も耳にした。虚報であることは、浅野の兵たちが徳川へむけて動いたという報せがないことでも明らかであった。

それでも。

豊臣恩顧の大名たちに対する徳川譜代の者たちの目は冷ややかだ。そもそも、大御所自身が豊臣恩顧の大名たちを恐れている。

芸州《げいしゅう》の福島正則や筑前《ちくぜん》の黒田長政などは、大坂に従軍することすら許されず江戸に留め置かれた。彼等の兵は息子たちが率い、二十万の末席に置かれている。

少しでも疑いを抱かれれば、領地を召し上げられ、家を取り潰されることにもなりかねない。

挽回するには、功を挙げるしかないのだが。

「阿呆らし」

吐き棄てる。

祖父の頃の因縁の所為で己が苦しむことになるなどということは、至鎮にとっては腹立たしいこと以外の何物でもない。

「殿そろそろ」

「わかっとるわい」

重勝の勧めに応じ、至鎮は扇を手にした腕を振り挙げた。同船する兵たちが、大将を注視したまま息を呑む。

ささやくと同時に手を下ろす。それを合図に船がゆっくりと進み出した。

「行くで」

抜け駆けである。

派手な喊声《かんせい》はない。

至鎮の船が動くのを認めた残りの三十九艘が、じわじわと砦に近付いて行く。

守る将は明石全登《あかしてるずみ》という名であるらしい。宇喜多秀家《うきたひでいえ》の家老で、関ヶ原では主とともに戦い、敗れた。戦場を生き延びた全登は、筑前福岡の黒田家に匿《かくま》われていたが後に出奔《しゅっぽん》し、今度の豊臣家の求めに応じ、大坂城に入ったという。

方広寺の落慶法要の日程と、鐘銘に端を発した騒動は、片桐且元の大坂城退去と茨木城籠城という結果を生んだ。これにより豊臣家は片桐家の追討という名目で大坂城に兵と兵糧《ひょうろう》を集めはじめた。豊臣家の募兵によって城に集められた兵の数は十万にも上り、そのなかには関ヶ原の戦乱の後に無禄となって牢人になっていたり、囚われの身でありながら密かに脱したというような、戦国の雄の名もあった。

真田昌幸の次子、真田信繁。黒田家の猛将、後藤又兵衛基次《ごとうまたべえもとつぐ》。西軍に与して取り潰された長曾我部《ちょうそかべ》家の惣領、長曾我部盛親《もりちか》など、この一戦にて己の運を開かんとする者たちが、大坂城に集まった。

大坂方の動向を知った家康の動きは素早く、島津家久《しまづいえひさ》、細川忠興《ほそかわただおき》ら西国の五十の大名家に対し、家康と秀忠への忠誠を誓わす誓紙の提出を命じた。その後、江戸から摂津姫路への帰路に駿府に立ち寄った池田利隆《としたか》に対し、急ぎ兵を出して尼崎に向かい、同地の領主である建部政長《たけべまさなが》とともに大坂に備えさせた。

また、家康は江戸の秀忠にも大坂への出兵の用意を命じ、東海、北国《ほっこく》、西国の諸大名への出兵をも命じる。

遠江《とおとうみ》から伊勢にかけての大名たちは淀、瀬田《せた》付近に集合させ、北国の大名たちは大津《おおつ》、坂本《さかもと》、堅田《かただ》に。中国の大名たちは池田へ。九州の大名たちは西宮《にしのみや》、兵庫《ひょうご》に。四国の大名は和泉沿海への集合と、日ノ本全土の大名を家康は大坂周辺に集めたのである。

そして家康は、江戸から藤堂高虎《とうどうたかとら》を駿府に呼び寄せて先陣に任じ、大和の諸大名とともに大坂城の南西方面に位置する天王寺口《てんのうじ》へと向かうように命じた。

家康が西国の大名たちに誓紙を求めてからふた月あまりの間に、日ノ本全土から集まった二十万もの兵が大坂城を取り囲んだのである。

当初、豊臣方の討伐目標であった片桐家の兵も大坂城攻囲の軍勢のなかにあった。豊臣秀頼の傅役であり、長年豊臣家のために忠を尽くして来た且元も、徳川勢の末席に連なったのである。

包囲の後、大坂城の周囲では両軍の小競り合いが幾度か繰り広げられた。だが、大御所が命じた戦いはまだ一度も行われていなかった。至鎮が命じられたこの木津川砦の攻防戦が、徳川と豊臣の雌雄を決する戦の幕開けとなる。

船が静かに木津川を逆行してゆく。

眼前に見える砦の兵たちは、いまだこちらの船に気付いていない様子であった。もちろん船には明かりは一切灯していない。漕《こ》ぎ手にも、静かに船を進めよと厳命している。

戦だ……。

心の奥につぶやくと同時に喉が鳴った。出船の合図を出してからというもの、鎧の奥で心の臓が荒々しく鼓動を打ち鳴らしている。

至鎮は壮健ではない。

熊のような体軀《たいく》であったという祖父の足元にも及ばぬし、その面影を受け継いだ父の体格にもまったく敵わなかった。骨だけは太いから、大人しくしていれば厳めしく見られることもある。だが、生まれた頃より足腰が弱いから、武芸にもさほど興味が持てず、豪勇を旨とする蜂須賀家の家風にはどうしても馴染めなかった。

だから関ヶ原での初陣の折も、四方八方から聞こえて来るむくつけき男たちの咆哮《ほうこう》に慄《おのの》きながら、家臣たちの言われるままに首を縦に振っている間に終わったという覚えしかない。

今夜の戦いが至鎮にとって、本当の初陣といえた。

大将である。

みずから槍を取って戦うことはない。陣の一番深いところから家臣たちの戦いを見守り、檄《げき》を飛ばすだけで良いのだ。

見かけ倒し……。

そんな言葉が頭に過《よぎ》る。

「大丈夫や。それでええんや……。ええんやで」

己に言い聞かせるようにつぶやく。

日ノ本から戦が絶えて十四年が過ぎている。至鎮の周囲に侍る侍たちのなかで、我が身で戦を味わった者は少ない。

それは相手も同じこと……。

大坂城に集った十万人ともいわれる兵たちだって、どこまで戦を知っているかわかったものではない。関ヶ原の戦から十四年、徳川の天下に不満を持つ侍たちにとって、因縁を晴らす機会が訪れた。この機を逃すまいと、こぞって城に入ったは良いが、どれほどの者がその手で人を殺したことがあるのか。

結局、戦を知らぬ者同士の戦いなのだ。

緊張しているのは至鎮だけではない。

「殿」

重勝の声が、至鎮を思惟の海から引き摺りだす。

気付けば陸が目の前に迫っていた。

「そろそろ火の支度を」

始まるのだ。

戦が。

至鎮は深くうなずき、重勝に応える。主を注視していたのは重勝だけではなかった。周囲に侍る男たちが、一斉に動き出す。方々で火が起こり、それは残りの船にも伝わってゆく。

一気に川面《かわも》が明るくなった。

至鎮は高々と腕を挙げる。

「良《え》えかっ！　火をかけて一気に押し潰すんやっ！　木津川口から敵を追っ払って、

戦の先陣を切るんやっ！」

叫ぶとともに扇を振り下ろす。

「行けぇっ！」

おびただしい数の火の玉が天に舞い上がった。四十艘の船から放たれた火矢が、いっせいに砦に降りかかる。それと同時に、船から飛び降りた蜂須賀の兵たちが、槍を手に走り出した。

頭に血が昇った男たちが、雄叫《おたけ》びを上げながら敵陣に殺到する。

「着岸いたしました。某が御守りいたしまする。さぁ、こちらへ」

下船をうながす重勝にうなずきを返し、至鎮は床几を蹴って立ち上がる。

砦は光に包まれていた。

後から後から放たれる火矢が、屋根に突き刺さり炎が上がる。

襲撃に気付いた敵が砦の方々から姿を現す。寝ていたのだろう。喊声を聞いて飛び出して来たのだろうが、満足に鎧を着込んでいる者は数える程度だった。衣がはだけ褌《ふんどし》を露わにしながら、槍を振り回す男たちを、戦支度をしっかりと整えた蜂須賀の兵の槍が襲う。

「そうや行け、行くんや」

　くるぶしまで水に浸かりながら、至鎮は水面を掻《か》き分け大股に歩む。

「殿、あまり近付きまするると敵の矢に当たりまする」

「わかっとる」

　答えはしたが、足が止まらない。眼前で繰り広げられている男たちの殺し合いに、すっかりのぼせてしまっていた。

　腰の太刀を引き抜いて振り上げる。そのまま振り下ろし、燃え上がる砦に切っ先をむけた。

「進めっ！　皆殺しやっ！　一兵たりとも逃がすんやないぞっ！」

　奇襲が功を奏していた。味方の勢いに敵は完全に呑まれている。

　敵はうろたえている。

　香ばしい煙の匂いに血の濃い生臭さが混じったなんともいえぬ不快な臭気が、至鎮の鼻腔《びくう》を汚す。常には嗅ぐことのない異質な匂いが、不思議なくらいに気持ちを昂《たか》ぶらせてゆく。

　これが祖父の嗅いだ匂いか……。

　至鎮は太刀をぶら下げたまま、前へ前へと進む。

「危のうござりまする殿」

「五月蝿《うるさ》いわいっ！」

燃える心に水を注す重臣を怒鳴りつける。視線は戦場にむけたまま。気弱な老いぼれの顔など見たくもない。今はこの熱に身も心も委ねていたかった。

遥か先で泣き顔の敵が、首に矢を突き立てながら仰向けに倒れた。その骸《むくろ》を、味方が踏みつけながら、炎に包まれた砦へと殺到する。熱さを感じぬのか、誰もが我も我もと火のなかへ踏み込んでゆく。

兵たちも至鎮のように、我を見失っているのだ。

己が手で殺めた敵の血を浴び、悲鳴と怒号の只中で、戦うことだけに没頭していた。

殺《や》らなければ殺られる……。

間近に迫った死に対する恐れと、奇襲が成功して勢い任せに敵を殺めることができる高揚とが、兵たちの身中で綯交《ないま》ぜとなり、自制が効かなくなっているのだ。

それで良いと至鎮は心に念じながら、味方の背にむかって叫ぶ。

「進むんやっ！　なんも考えんと進むんやっ！　分かったなっ！」

勝っているのだ。

恐れることはない。

熱に浮かされ、敵を殺め、完膚《かんぷ》なきまでに叩き伏せてこその勝利ではないか。兵たちを押し止める気などさらさらない。このまま勢いが衰えぬのならば、堀を越え、塀《へい》を登り、大坂城の本丸まで攻め寄せて、秀頼の首を挙げても良かった。

父祖の恩など糞喰らえだ。

今の所領は至鎮が家康から賜ったものではないか。

徳川こそが己が主家。眼前を逃げ惑う豊臣の兵たちは敵以外の何物でもない。

「殿っ！　殿っ！」

誰かが駆けてくる。聞き覚えのある声は、重臣、森甚五兵衛《もりじんごべえ》であった。至鎮の膝元まで寄った甚五兵衛が、片膝を突いて言上《ごんじょう》する。

「敵の総大将、明石掃部《かもん》全登は、城に伺候して、砦を留守にしておるとのこと」

「それでこれほどの混乱を来《きた》しておるのか」

得心がいったというように、側に侍る重勝が言いながら手を打った。

敵将が留守の隙を衝いた故に、奇襲がこれほど上手く行ったのか……。

だからなんだ。

顔を緩めて主を見上げる甚五兵衛を睨みつける。

「そんなこと言いに来る暇があるんやったら、前線におって味方の尻を叩きまくって早う敵を追っ払わんかいっ！」

　叱責を受けるとは思ってもみなかった甚五兵衛が、一瞬口をあんぐりと開いてから、顔を引き締め頭を下げた。

「ははっ！」

「行くんや甚五兵衛っ！　敵は戦う気力を失っとる。二度と刃向う気が起こらんように叩くんや。良えなっ！」

「はっ！」

　気合の声をひとつ吐いて、甚五兵衛が駆けてゆく。

「こんなに……」

「は」

　至鎮のつぶやきを耳聡く聞きつけた重勝が、続きをうながす声を吐く。それにつられるように、炎の熱で乾いた唇を揺らす。

「戦で敵を討つっちゅうんは、こんなに簡単なことなんか」

「たまさかこちらの策が功を奏したために、これほどの大勝となり申したが、油断は禁物にござりまする」

　いつの間にか蜂須賀の旗だけではなく、浅野や池田の兵の姿も見える。蜂須賀家の突撃を知り、焦って追って来たのだろう。すでに大勢は決している。今更なにを求めて戦場に足を踏み入れたというのか。

油断は禁物。

なにを言うか。

「見てみぃ」

抜き身の切っ先を逃げ惑う敵に定め、隣を歩む重臣に語る。

「そもそも数で劣っとるくせに、いつ戦が始まるかもわからんのに、守将が砦を空けるちゅうんは何事や。油断は禁物っちゅう言葉は、敵に言うてやらなあかんのとちゃうんかい」

少なくとも至鎮は自軍の数を頼りになどしていない。己が三千、浅野長晟などは七千もの兵を引き連れて来ている。敵は千にも満たない。正面からぶつかれば、勝敗は火を見るより明らかだ。

それでも。

至鎮は全兵に突撃を命じるその時まで、一度として敵を侮りはしなかった。守りを兵だけに任せ、己は陣の奥深くに居座って果報を待つなどという腑抜けた行いもしはしなかった。

己が足で戦場に立っている。

そんな将が、砦を空けるような将に敗けるはずがないではないか。

そんなことを考えていると、無性に腹が立ってきた。

今度の戦が初陣同然であることすら忘れている。

全軍を率いる歴戦の勇将であるような気分になって、至鎮は大股で戦場を進む。

「焼けっ！　なんもかんも焼き尽くしてしまうんやっ！」

怒鳴る。

腑抜けた将が守る砦など、綺麗さっぱり灰にしてやれば良い。

勝てる。

徳川と豊臣の長年にわたる相克を清算するこの戦。その緒戦の大勝を目前にして至鎮は確信する。

もはや豊臣に人はいない。

戦を知らぬ我等でも勝てる。

「見縊んなや」

誰にともなくつぶやいて、至鎮は太刀を鞘《さや》に納めた。

この日、木津川口の砦は至鎮等が占領した。時同じくして伝法《でんぽう》川口にあった輸送拠点も、徳川方が占拠。大坂方は城内への重要な輸送経路をふたつも失い、城外へ打って出る道を断たれてゆく。

「博労淵《ばくろうぶち》や。博労淵を攻めるで」

家臣たちにむかって至鎮は言った。

木津川口での大勝から十日。至鎮は城の西方側面に陣するための最後の障害である、博労淵へと狙いを定めた。木津川を北上した地に位置する博労淵にも敵は砦を築き、七百あまりの兵を籠らせ守っている。博労淵を押さえることができれば、木津川周辺の敵を一掃することが可能だった。

「敵の守将は薄田兼相《すすきだかねすけ》なる者とのこと」

幔幕を張りめぐらした陣所に並ぶ床几のなかで、至鎮の間近に座した甚五兵衛が口にした。

「誰や、そいつは」

上座から至鎮が問うと、甚五兵衛が首を傾げつつも答える。

「豊臣家の旗本であるらしいのですが、詳しきことはわかりませぬ。ただ、木津川口で捕えた城の者の話によれば、かなりの剛の者であると」

「強いんか」

「腕っぷしが強く、そのために博労淵の守りを任されておるということでございまする」

「けっ」

至鎮は鼻で笑い、家臣たちに心の裡を示してみせる。

将に必要なのは我が身の武ではない。

兵たちを率いる勇だ。

腕っぷしが強くとも、一人で千人を相手にできる訳ではない。どれだけ将が前線で勇壮に戦ってみせても、兵が弱ければ敗れてしまう。

現に至鎮はみずからの脆弱《ぜいじゃく》さを顧みず、先の戦で奇襲を行い大勝してみせたではないか。

己が武をひけらかすような者は吐き気がする。そんな物は匹夫《ひっぷ》の芸ではないか。一軍を率いる将の持つべきものではない。

「素っ首叩き斬ってやるわい」

邪悪に吐き棄て、重勝を見た。

「大御所様の様子はどないや」

「しきりに物見を送っておられる模様」

博労淵の対岸に、藤田《ふじた》重信《しげのぶ》や永井《ながい》直勝《なおかつ》、水野《みずの》勝成《かつなり》等の兵が、しきりに姿を見せていた。家康の命を受け、博労淵の偵察に訪れているのである。

「狙っとるんか」

「間違いありますまい。博労淵を押さえれば、城の西方は完全にこちらの手中に収まりまするゆえ」

重勝の言葉に至鎮はうなずきを返す。

木津川口での勝利の際、家康と秀忠からそれぞれ使者がもたらされ、至鎮は浅野長晟、池田忠雄とともに大いに褒められた。抜け駆けに対しての咎《とが》めはなく、大御所の覚えも目出度くなり、軍功という意味においても目覚ましい物となったのである。

だが。

足りない。

蜂須賀家の忠誠を徳川に示すためには、もうひとつくらい目覚ましい功を挙げておきたかった。

それが博労淵なのである。

「大御所様が命じるより先に、儂等で落としてまうんや」

「抜け駆けとはなりませぬか」

「大御所様から大名たちに命が下ったわけやないんや。後からなんとでもなるやろ」

甚五兵衛の恐れを滲ませた問いに、至鎮は胸を張って言い切った。

結局、先の戦での味方を出し抜いての奇襲も、策が功を奏し大勝を得たことで、うやむやとなった。浅野、池田両家の兵が蜂須賀勢の奇襲を知って後から駆けつけてきたこともあって、抜け駆けであると問い詰められること自体がなかったのである。

今度も勝てば良いのだ。

敵は七百あまり。堅い砦に籠っていようと、数で押せば勝てるはずだ。

「夜襲をかける」

それしかない。

至鎮の言葉に、重臣たちがうなずきで応える。

「策を言うてみぃ」

先の戦で夜襲を進言した重勝が、口火を切った。

「穢多崎《えたざき》から上陸し、下博労《しも》を北上し、全軍で一気に砦を急襲いたしましょう。敵は七百、こちらは五千。数で押せばまず敗けはいたしますまい」

「どうや」

家臣たちを見据える。誰もが口を固く結び、重勝の言に異を唱えようとする者はいなかった。納得の意を示すように、うなずいている者も多い。

たしかに力で押して勝てる敵である。

しかし……。

このまま重勝の言うままにすべてが運ぶのも癪だった。

蜂須賀家の棟梁は己だ。

至鎮には自負がある。それに、先の戦での大勝によって、侍としての自信もついた。

家臣の言うままにされる将ではないと、ここではっきり示しておきたかった。

「重勝の策に異を唱える者はおらんのんか」

もう一度だけ、家臣たちに念を押す。誰の口からも声が上がらぬのをたしかめてから、至鎮は口許を軽く吊り上げる。

「そうか、誰もおらんか」

得意気に重勝が上座へと目をむける。

「殿」

決断をうながす老臣に、不敵な笑みを返し、至鎮は目を逸らして家臣たちにむかって手を打った。いきなり鳴った乾いた音に、弛緩《しかん》していた男たちの目がわずかに見開かれる。何事かと上座にむいた無数の顔が緊張で引き攣っていた。

「ぶははははは」

無性に可笑《おか》しくなって至鎮は声を上げて笑う。いきなりの主の奇行に、誰もが言葉を失っている。

「い、いかがなされましたか」

息を呑む家臣たちのなか、さすがに重勝は平静を失わずに問いを投げて来る。その小癪なまでの小器用さにいささかの腹立ちを覚えながら、至鎮は大きく身を乗り出して間合いを詰めると、生意気な老臣の尖った鼻先に手を伸ばした。

「なっ！」

主に鼻をつままれた重勝が、これにはたまらず戸惑いの声を吐いた。それが可笑しくて、至鎮はいっそう大声で笑う。

いったいなにが起こっているのか……。

眼前で繰り広げられる主の奇矯《ききょう》な振る舞いに、重勝以外の家臣たちはただただ戸惑っている。

「は、放してくだされ」

「嫌じゃ」

「殿」

「嫌じゃ」

言いながら指先でつまんだ鼻を右に左にと振ってやる。

「御戯《おたわむ》れは止めてくだされ」

「兵をふたつに分ける」

「は……」

鼻をつまんだまま、至鎮は続ける。

「御前は歩いて北に進んで攻めんかい。儂は船で川から攻めたるわい」

力押しで攻めるという重勝の進言をくつがえすほどの目を見張るような策ではないことなど重々承知のうえで、至鎮は続ける。

「御主と儂、どっちが先に薄田とかいう剛の者を討ち取れるか勝負や」

ぐにぐにと鼻を横に振りながら、至鎮は上機嫌に笑う。

「放してくだされ」

「嫌や」

真面目腐った老臣の驚く顔がなんとも心地良くて、至鎮は鼻をつまむのを止められない。

「痛いんか」

「いいえ」

「なんやとぉ」

強情を張る重勝の言葉を受け、至鎮は口を尖らせながら指先に力を込める。

「痛くありませぬ」

目を潤ませながら重勝が言った。

「なにをぉ」

つまんだ鼻を上にひっぱると、潰れた鼻の穴から飛び出た白い毛が松明《たいまつ》の明かりに照らされて、やけに輝いて見えた。それが可笑しくて、至鎮は鼻から手を放して大きく仰《の》け反《ぞ》る。とっさの動きに床几が耐えられず、両足が天をむくような格好で、後ろに倒れてしまった。

「殿っ！」

家臣たちが駆け寄って来る。

「大丈夫や」

言いながら立ち上がり、尻の泥を払う。

「御怪我はありませぬか」

至鎮を囲むようにして輪を作る重臣たちの先頭で、重勝が問う。その鼻が真っ赤に染まっていた。

「ぶははははは。なんやその鼻は」

「殿の所為ではありませぬか」

怒りを隠しもせずに重勝が答える。流れる涙を韘《ゆがけ》を着けた指先で拭い、至鎮は重臣のうらやましいほどに頑強な肩を叩いた。

「許せ。戯れや戯れ」

への字に曲げた口を覆う白い髭が、上下に揺れた。うなずきで応えた重臣から目を逸らし、至鎮はみずからを囲む男たちを見る。

「豊臣恩顧の家柄。大御所様への対面。徳川への忠義。そんなもんは屁や屁。尻からぷぅっとひり出して仕舞いや」

家臣たちが笑いを堪えるように、頬を震わせる。至鎮は笑みのまま、言葉を続けた。

「儂の爺様は豊臣家んなかで一二を争う馬鹿やったそうやないか」

策謀や政よりも戦働きが得意だったようである。が、あえて至鎮は馬鹿という言葉で茶化してみせた。

「いまから儂も馬鹿んなる。陸と水、どっちが先に薄田いう阿呆の首を取れるか勝負や。功なんか考えんでええ。遊びや遊び。気楽に行こうやないか」

深い考えがあった訳ではなかった。ただ、重勝をはじめとした己よりも年嵩の男たちが気難しい顔をし、場の空気を重々しくさせているのがなんとなく嫌だっただけである。

ここは戦場、笑みなど無用。気を抜いた者から殺される。

そんな殺伐とした気にすっかり呑まれてしまっている己自身がなによりも嫌だった。

皆に言った通り、蜂須賀家も徳川家も豊臣家も関係ない。

至鎮は至鎮のまま戦場に立っていれば良いではないか。

「おもんないくらいなら死んだ方がましや」

もう戦や武功などと言って生きていける世ではないのだ。そんなものは祖父や父の代で終わっている。

蜂須賀家を保つために必死になるよりも、心のおもむくままに進めば良い。そう心に定めたら途端に気が楽になった。

「夜のうちに行くで。今回も寝惚けとる敵をぎたんぎたんにしてやるんや」

霧が失せた至鎮の心は、どこまでも晴れやかだった。

船で夜の博労淵へと進む。今頃、重勝が率いる兵たちが必死に野を駆けていることだろう。

評定の席ではどちらが守将の首を取るか競おうなどと言いはしたが、本心ではそんなことはどうでも良かった。どちらが首を取ったとしても、蜂須賀家の手柄であることに変わりはない。自分の心を奮い立たせるための遊びが欲しかっただけだ。

「急げ急げ。早よ早よ早よ」

船頭を焚《た》き付けながら、船の縁から身を乗り出す。少しでも早く、敵の砦に辿り着きたくて仕方がなかった。

もはや至鎮の頭のなかで、ここは戦場ではなくなっている。

戯れの場だ。

気の許せる者たちと気ままに遊ぶための庭である。

顔が自然とほころぶ。

「へへへへへ」

弛緩した笑い声が口から洩れるのを止めることができない。

「少し休まれた方がよろしいのではありませぬか」

重勝に代わって至鎮の側に侍る甚五兵衛が至鎮の体を気遣い心配そうな声で問う。

厳めしい武人の顔を見もせずに、至鎮は仏頂面を決め込んでぞんざいな声を投げる。

「うっさいわい。阿呆なこと言うとる暇があったら、陸に上がる支度をせんかい」

言ってはいるが、荒い息遣いに邪魔をされて、明らかに声が震えていた。ここ数日、気が昂って満足に寝ていない。

甚五兵衛の顔が曇る。

「戦となった折に、殿がおられぬという訳にはいきませぬ」

「なんや、儂がぶっ倒れるちゅうんかい」

「このままでは」

「大丈夫や」

腹が立つ。

馬鹿にするな。

己の祖父は蜂須賀正勝だ。秀吉の陣中で誰よりも雄々しかった男なのだ。孫の自分が、この程度の戦で倒れる訳がないではないか。そう心に叱咤の言葉を浮かべながら、甚五兵衛を無視して大きく身を乗り出した。

「あれはなんや」

行く手に見える明かりの群れを指差す。

「砦にござりまする」

「ほら見ぃ。さぁ行くで……」

言いながら甚五兵衛に笑ってみせようとした途端、視界がぐらりと揺れた。

「あか……」

最後の〝ん〟が言えなかった。


五月蝿い……。

がやがやがやがやがや誰が騒いどんねん。

「うっさいわいっ！」

叫ぶと同時に至鎮は跳ね起きた。

両手を突いているのは、矢を防ぐために用意した盾であった。上体だけを起こしたまま、至鎮は目をしばたかせて周囲を見遣る。

「と、殿っ！」

「重勝やないかい」

片膝立ちになった重勝が歯を食い縛っていた。

「御目覚めになられて良かった」

心の底から安堵したような声である。ほっと肩の力を抜いた重臣の背後で、炎が巻き起こっていた。火の光に照らされた人影の群れが、大声で叫びながら刃を振るっている。

思い出した。

博労淵の砦を攻めている最中なのだ。

「お前、なにしとんねん。陸から攻めるんやなかったんかい」

「もちろん陸から攻め申した。すでに両軍は合流して砦に攻めかかっておりまする」

「甚五兵衛は」

「ここに」

重勝の脇から甚五兵衛が顔を出す。

「なんやおったんかい」

「御倒れになられた殿を船から降ろして盾に寝かせ、御守りしておったのは甚五兵衛にござります。殿を陣所に御帰しする訳にはゆかぬ。前線にて己が御守りいたすと申して」

疲れ果てて倒れたらしいことを、重勝の言葉で知った至鎮は、緩んだ笑みを浮かべる甚五兵衛を見た。

「良うやった」

盾に突いた手に力を込めて、尻を浮かせる。

「殿」

重勝と甚五兵衛が身を乗り出す。心配するだけしかできぬ重臣二人を睨みつけ、至鎮は足の裏でしっかりと盾を踏み締めた。

「休んだからもう大丈夫や」

「しかし」

「こんなとこで寝とける訳がないやろ」

なおも言い募ろうとした重勝を叱りつけて、至鎮は立ち上がった。急に体を起こしたから、頭の芯が軽くなって目眩《めまい》を覚える。よろよろと座りそうになるのを、足腰に力を込めてなんとか堪えた。だが、主の些細《ささい》な動揺さえ見逃さぬ重臣たちは、おろおろと両手を差し出してくる。

「大丈夫や言うたやろっ！」

腹立ち紛れに叫んで、重勝をにらむ。

「なんや、こんなとこにおって良えんか。薄田何某《なにがし》は討ったんかい」

重臣たちの背後では今なお味方が戦っている。黒煙を上げる砦とともに怒号に紛れて男たちの悲鳴が聞こえるから、どうやら今回も奇襲は成功したようであった。

「それが……」

重臣二人が顔を見合わせる。

「なんや。逃げられたんか」

甚五兵衛が首を振った。

思わせぶりな態度に腹が立つ。至鎮は重臣二人を左右に押し退けて、炎のほうへと歩みを進める。

重臣たちのほうへ右腕を突き出して、叫ぶ。

「槍を持って来んかい！」

「なりませぬ」

「どんだけの剛の者が知らんけど、薄田何某、儂が討って来たるわい」

本気だった。

まごつく重臣たちの、主の顔色をうかがうような口振りに、至鎮の心が熱を帯びる。休息は十分取った。身も心も軽やかだ。圧倒するほどの数を以ってしても手こずるような相手ならば、至鎮みずからが槍を持って兵たちを焚き付けるしか術はないではないか。

「儂が行く。お前たちも付いて来んかい」

「御待ち下され」

「止めるな」

言いながらも足は止まらない。

至鎮は右腕を突き出し、槍を待つ。その背に重勝が言葉を投げかける。

「薄田兼相はおりませぬ」

「討ったか」

「違いまする」

「元からおらなんだのです」

甚五兵衛が重勝の後を継いだ。至鎮は肩越しに二人を見ると、卑屈なほどに頬を歪ませ甚五兵衛は笑っていた。

「どういうこっちゃ」

問うた至鎮に今度は重勝が答えた。

「我等が攻め寄せた時には、薄田兼相は砦におらなんだようなのです」

「捕えた敵が申しておりました」

甚五兵衛の言葉にうなずくと、重勝が力無く首を左右に振る。

「どうやら遊女のところに行っておるようなのです」

呆れたようにつぶやいた重勝と、甚五兵衛がたがいを見て力無く笑う。

「なんじゃと」

体ごと回して炎に背をむけ、至鎮は二人と正対した。

「守将が夜、砦を抜け出して遊女と遊んどったっちゅうことか」

「この敵襲を知らぬはずがありませぬ。さすがに薄田も、もう起きてはおりましょうが」

「しょうもないこと言うな」

甚五兵衛を叱りつけて、ふたたび振り返り砦を見た。

柵も屋敷も、炎に包まれていない物はひとつもなかった。逃げ惑っているのは敵ばかり。味方の兵に目立った損害はないようである。

大勝……。

なのか。

「なんや、はじめから薄田はおらんかったちゅうんか」

「守将が不在のところに奇襲を受け、どうやら敵はどう動いて良いのかわからぬままに砦に火を点けられ、散々に追い立てられた模様」

「そら敵も可哀そうやな」

本心から至鎮は思う。将が戦の最中に遊女を買いに行って砦を空けるなど、至鎮には考えもつかない。相手の薄田兼相という侍は、剛の者で名を馳せているというではないか。今度の戦場が初陣同然である至鎮にだって、薄田の犯した不手際が言い訳のしようがない程の失態であることはわかる。

「木津川の敗けも知っとったやろうに」

至鎮が木津川の砦を焼いたのは十日前のことだ。

「油断……。としか言いようがありませぬな」

「油断なんかしとる場合かい」

重勝のつぶやきに、力の抜けた声で答えると、至鎮はがくりと肩を落とした。

「なんや、急にやる気が無《の》うなってしもた」

戦場に背をむけ、重臣二人を左右に押し退けると、敷かれたままの盾まで歩み、どかりと腰を下ろした。胡坐《あぐら》の膝に肘を突き、重い頭をその拳の上に乗せる。

盾の上に腰を据えた主の両脇に、重勝たちが控えた。

「おい」

「は」

重臣たちがかすかに顎を引いて言葉を待つのをたしかめてから、至鎮は炎をにらみ、鬱憤に塗れた想いを舌に乗せた。

「儂等はいったいなんと戦っとるんや。徳川に一矢報いんとしとる豊臣家なんか。それともお祭り騒ぎしとるだけの気の抜けた牢人たちなんか」

「恐らく、その両方かと」

重勝の沈鬱な声が答えた。

拳をぐりぐりと回して顎を擦り上げながら、至鎮は吐き捨てる。

「戦の最中に遊女を買いに行きよるような牢人に奉られとって、豊臣の殿さんは、それで天下をつかめると本気で思っとるんかい」

「さて……」

炎のほうへと目をむけて重勝は首を傾げた。

「そればかりは秀頼公に御伺いしてみねばわかりませぬ」

「秀頼公ねぇ……」

豊臣家の惣領は、二十九になる至鎮の七つ下である。しかも二十二年の人として生きた時の大半を、大坂城の奥深くで過ごしているのだという。そんな若者に、果たしてどれほどまで行く末を見通すことができるというのか。

「多分、秀頼さんは薄田何某の失態なんか知らんのやろな」

「知ったところで、どこまで牢人たちの手綱を締められるか」

甚五兵衛の声を耳にしながら、至鎮は炎を見つめつぶやく。

「儂だって、戦を知らん。爺さんや父上みたいに戦場を駆けまわったこともない。禄にあぶれた鼻息の荒い牢人どもが突然城んなかに雪崩《なだ》れ込んできて、殿様殿様と仰ぎ奉られたら、儂だってどうしたらええかわからんわ」

遥か昔に死んだ祖父との縁を、顔を真っ赤にして語る髭面の男たち。御家のために御家のためにと鼻息荒くまくしたて、馬鹿のひとつ覚えのように槍を振り回す乱暴者の群れ。そんな荒くれ者たちに担ぎ上げられる己……。

怖気《おぞけ》が走る。

「難儀なこっちゃなぁ」

「は」

主のつぶやきの真意を問うような重勝の声を聞き流しながら、至鎮の視線は博労淵の炎のむこうへとむかってゆく。燃え上がる火の群れの遥か彼方。漆黒の巨城が月明かりに照らされ浮かび上がっている。

大坂城。

幾重にも連なる甍《いらか》の下、黒き城塞のどこかに豊臣家の若き惣領はいる。

どこかでこの炎を見ているのだろうか。二十万もの大軍に攻め寄せられてなお、遊女の元で一夜を過ごそうなどというような者に祭り上げられ、いったいどんな心地なのだろうか。

「秀頼殿や」

難儀極まりない。

己ならと考え至鎮は震える。

「儂ならとっくに逃げ出しとるわ」

この日、博労淵の砦は蜂須賀勢の奇襲によって陥落。大坂城の西方を徳川勢は完全に占拠した。

豊臣恩顧の大名と目されていた蜂須賀家の奮闘を、家康は殊《こと》の外《ほか》喜び、戦後褒美に恵まれなかった諸大名のなかで、蜂須賀家は淡路国七万石という特筆すべき加増を受ける。

阿波徳島藩は至鎮を初代藩主とし、かれの功を後世まで伝えた。

伍　後藤又兵衛基次

時はわずかにさかのぼる。

「後藤又兵衛基次殿っ！」

声高に呼ばれた己の名の後に大勢の男たちがざわめいたのを、又兵衛は無精髭に覆われた頬を掻きながら他人事《ひとごと》のように聞いた。

求めに応じて参じた大坂城の大広間は、かつて十数年前に来た時となにも変わらず悪趣味なほどに煌《きら》びやかである。唐紙だけでなく壁や柱にまで親の仇《かたき》のように金箔《きんぱく》を貼り巡らした数十畳はあろうかという室内に、物々しい顔をした男たちが雁首《がんくび》を揃えて並んでいた。

左右に並んだ顔ぶれのなかに、又兵衛の知る顔は少ない。しかし、どうやら又兵衛の名を知らぬ者は、彼等のなかに皆無であるようだった。

大広間のど真ん中に、横に並んで座らされている。又兵衛の左に二人、右に二人。男ばかりが座していた。

どの顔にも張り詰めた緊張が満ちている。戦の腕を買われての入城であるから、無理もないことだとは思うのだが、それでもいささか引き攣り過ぎではないかと思う。

右の端に座るのは明石全登なる武士で、かつて宇喜多秀家の家老を務めていたという。熱心な切支丹《キリシタン》であり、豊臣家が天下の覇権を握った際には、切支丹の布教を許すという約定を得ての参戦だという。染め上げたような白一色の髭を蓄えた、老齢の武人である。

その隣が毛利勝永《かつなが》。秀吉に仕え豊前《ぶぜん》小倉《こくら》を領する大名であったが、関ヶ原の折に石田方に与し、領国を失った。その後、土佐《とさ》山内《やまうち》家に預けられていたのだが、今回の豊臣家の挙兵を知り、土佐を脱出して城に入った。四十になろうかという顔付きであるが、目鼻の涼しい爽やかな面立ちの男だ。

又兵衛を挟んで、左に座しているのが長曾我部盛親。四国の英雄、長曾我部元親《もとちか》の四男であり、元親の死後、長曾我部家の惣領となった男である。この男も関ヶ原の折に石田方に与して領国を失い牢人になったらしい。伏見にて幼子に読み書きを教えて糊口《ここう》をしのいでいたというが、今回、秀頼の求めに応じ大坂城に入った。鼻から下をごわついた髭で覆った鬼瓦のような顔をした男である。並んだ五つの頭のなかで、盛親のそれだけがひとつだけ飛び出ていた。

そして。

盛親の隣、左の端に座っているのが、真田左衛門佐《さえもんのすけ》信繁という名の男であった。信州上田の国人で、武田信玄《しんげん》の重臣であった真田昌幸の次子である。表裏比興《ひきよう》の者と呼ばれ、策謀によって小さな領国を守り抜いた父の才を受け継いでいるという専らの評判である。関ヶ原の戦の折には、親子で信州上田の居城に三千足らずの兵とともに籠り、徳川秀忠率いる三万八千もの徳川本隊を足止めした。その所為で秀忠は関ヶ原での戦に遅参するという大失態を犯してしまう。この時の遺恨は今なお徳川将軍家に根深く残っており、二代将軍秀忠を武勇に優れぬ凡将であると断じる風潮を生んだ。

関ヶ原の戦の後は、徳川方に付いた兄の信之《のぶゆき》とその舅《しゆうと》である本多《ほんだ》忠勝《ただかつ》らの熱心な助命嘆願によって、父ともども死罪だけは免れ、紀州の九度山《くどやま》に流され、父の死後もこの地に留まっていた。

秀頼や大野治長等の熱心な要請を受け、九度山を脱して大坂城に入った。

そして又兵衛……。

ここに並ぶ五人は、いずれも過去の武名によって豊臣家に求められ、大坂城に入った者である。

この国から戦が無くなって十四年。広間の左右に並ぶ豊臣家の臣たちにとって、又兵衛たちはいわば戦場を知る強者《つわもの》の代表ともいえる存在であった。一人ずつ名が呼ばれる度に、男たちの若い興味がどよめきとなって広間を満たす。

又兵衛に続いて勝永と全登の名が呼ばれ、五人全ての名が読み上げられると広間にはしばしの静寂が流れた。沈黙を破ったのは、若き惣領とともに上座に腰を据えたただ一人の女の声だった。

「よくぞ……」

澄ました声色で切り出した女は、又兵衛が覚えているのがたしかならば、今年四十六になるはずだった。だが、その皺ひとつない顔付きや瑞々しい声音《こわね》からは、じきに五十に達しようかという老いは微塵も感じられない。遠目から見ていると、三十に満たぬといってもおかしくはなかった。

「我が城へ推参下されました」

城主よりも先に五人に言葉を下し、年増の女は艶《あで》やかな緋《ひ》色の衣の袖をひるがえして深々と頭を下げた。それに続いて、左右に並ぶ家臣たちもいっせいに頭を垂れる。

恐縮したように四人が頭を垂れ、一人取り残された又兵衛の視線と、頭を垂れる男たちを母の隣で背筋を伸ばし眺めていた若き惣領の視線が交錯した。

あれが豊臣秀頼か……。

微笑を浮かべる大柄な青年の瞳に見据えられながら、又兵衛は心につぶやき、己が無礼に気付いて素早く頭を垂れる。

「面《おもて》を上げられよ」

すかさず聞こえてきた上座からの声を受けて頭を上げると、なおも秀頼は又兵衛を見つめたまま笑っていた。

五十五の又兵衛が気恥ずかしくなって、目を逸らしてしまうほど真っ直ぐな瞳の輝きであった。

なんとも……。

調子が狂う。

これから日ノ本全土の大名と大戦をやろうというのに、総大将が纏《まと》う気には一切の邪気がない。幼き頃より大坂城の奥深くで、今なお隣に座る母の手で手厚く養育されてきた秀頼である。もちろん今回が初陣であった。戦がなんであるか。殺し合いとは如何なる物なのか。目の当たりにしたこともなければ、恐らく誰かから伝えられてもいないはずだ。

そんな男が果たして十万にもなろうかという侍の上に立つことなどできるのだろうか。

又兵衛には想像もつかない。

面を上げよと言った若き惣領が、迷いのない笑みを浮かべたまま、五人の侍を眺めている。

「今度の戦の命運は其方たちにかかっておる。期待しておるぞ」

どこかから借りて来たような言葉を流暢に吐いてから、秀頼は顎を小さく上下させた。そして五人から目を逸らし、居並ぶ家臣たちの最前に座した男に目をやる。

「治長」

気安い声で男の名を呼んだ。その名は又兵衛もかねてから聞き知っている。

大野修理《しゅり》治長という淀の方の乳母の子である。秀吉の死後、豊臣家の重臣として台頭してきた男で、戦働きで身を立てる部類の男ではない。口さがない者たちに言わせれば、淀の方の男妾として立ち振る舞い、伸し上がった小者《こもの》だなどと悪しざまに吐き棄てられることになる。

ともに戦場に立ったことがないから、又兵衛には治長という男を断じることができない。が、主に名を呼ばれ、尖った顎をつんと突き出して細い目でねめつけられると、あまり良い気はしなかった。

「徳川に与した大名たちが、大坂を目指して進軍しておりまする。その数およそ二十万」

端然と言い切った治長の声に、男たちが声を上げる。さすが、不遇の身の苦衷《くちゅう》を味わった五人は、一人として動揺の色を見せなかった。

又兵衛にいわせれば、二十万で済んだと思いたいくらいである。

片桐且元が大坂城を退去した後、豊臣家は兵と兵糧を集めはじめた。それと同時に、城壁の修築や、櫓《やぐら》の新築なども行った。方広寺の一件が不首尾に終わり、徳川との反目が避けられない状況となったことで、戦支度を余儀なくされたのである。

豊臣恩顧の大名家に対しては、加勢を求める書状を出した。福島正則、黒田長政、浅野長晟、池田利隆、池田忠雄、小出吉英《こいでよしひで》、加藤忠広《ただひろ》、蒲生忠郷《がもうただざと》、佐竹義宣《さたけよしのぶ》、島津家久、伊達政宗《だてまさむね》、藤堂高虎、鍋島勝茂《なべしまかつしげ》、蜂須賀家政《いえまさ》、細川忠興、前田利常《としつね》、松平忠直《ただなお》など、多くの大名に加勢を求めたのである。

だが……。

大坂城に参じた者は一人としてなかった。

福島正則は密かに大坂の屋敷に蓄えていた兵糧を城に運び込んだ。毛利家は家臣を変名させ大坂城に加勢に向かわせた。熊本の加藤家では武器や兵糧を大坂城に運び込んだ。

加勢といえばこれくらいのもので、しかもこれらは徳川家にばれぬよう、密かに行われた。その証拠にこの三家は徳川家の命を受け、今度の討伐軍に名を連ねている。大名として豊臣に加勢したのは、元から大坂城にいた織田有楽斎《うらくさい》くらいのもので、あとは茶人大名、古田《ふるた》織部《おりべ》重然《しげなり》が伏見城を焼き討ちして家康を討ち取ろうと画策した程度。

大半の大名は、豊臣家に背を向けた。

日ノ本全土の大名が敵に回って二十万で済んだのだ。少ないくらいだと思って丁度良いのである。

敵の数を聞いて動揺するなら、はなから徳川に弓を引かねば良いではないかと思う。こうなることは初めから目に見えていたのだ。戦いたくないのなら、秀頼が駿府の古狸の足元でひれ伏しておけばよかったのだ。いまさら二十万と聞いて動揺してどうするというのか。

且元が大坂城を退去してからひと月あまり。豊臣家がしたことといえば、城内に牢人たちを引き入れ、兵糧を集め、城の守りを固めただけ。徳川家との交渉には一切手をつけていない。

腹を括《くく》った。

又兵衛にいわせれば、豊臣家の行いはこの一語に尽きる。戦をすると決めたのならば、後は勝敗が決するまで死力を尽くすのみではないか。

「我が方は十万をわずかばかり超しておるかと」

治長が続けた。

細かい数を出せぬのは、牢人衆の数を正確に把握できないからであろうと又兵衛は見た。

この国から戦が無くなって十四年が経っている。先の戦で勝ち馬に乗れなかった者たちや、又兵衛のように主家との折り合いが悪く出奔した者等、徳川の仕組みに不平を持つ牢人たちは、この国に溢れかえっていた。戦無き世に侍の鬱憤を晴らす場はない。身中に巣食う鬱屈の種は芽吹き、心の闇に根を張って日を追うごとに枝を増してゆく。無念という名の葉が枝を覆い、心に影を落とす。

槍を振るえれば、なにもかもが解決する……。

そんな哀れな妄念が、浪々の身となった侍たちを苛んでゆく。

十四年という歳月はあまりにも長過ぎた。

豊臣家が起つ。

その噂を聞き付けた男たちは、心中を覆い尽くす妄念を晴らすために、槍ひとつを抱えて大坂城に殺到した。我も我もと鼻息荒く名簿に名を連ねようとする牢人たちを、丹念に吟味する暇もなく、一人でも多くと城に引き入れた結果、実際にどれほどの数の男たちが城に籠っているのか、豊臣家の重臣たちにも把握できなくなっているのだ。

およそ十万……。

当たらずとも遠からずといったところであろうと又兵衛も思う。

有象無象《うぞうむぞう》入り混じる牢人のなかでも、ひときわ名のある者が、いま広間に座している五人なのであった。

「徳川方の軍勢は、四方から大坂へと向かっておる。将軍秀忠は、五万の兵とともに東海道を上って来ておるという報せが入っておる。じきに戦がはじまる。そこで……」

治長の細い目が五人をとらえた。

「武勇名高い其方たちに、策を献じていただきたい」

醒めた声を投げつけてきた治長を、又兵衛は視線に覇気を込めながら見据えた。見下すように五人に視線を投げる青侍は、又兵衛の気を悟ることなく、高い鼻をつんと天にむけながら献策を待つ。

我等は戦を知らずに育った故、戦い方を知らぬから教えてくだされ……。素直にそう言うのなら、気持ち良く教えてやれるのだが、豊臣家の威光を笠に着て、上から言われては口も堅くなるというもの。

奥歯が鈍い音を発《た》てる。黒光りする手甲《てっこう》に包まれた拳も、ぎりぎりと鳴った。着込んだ黒一色の鎧は、大坂で適当に入った武具屋の主人が無償で貸してくれたものである。

客が後藤又兵衛であると知った主人は、己が同姓同名であり又兵衛と同じ播磨《はりま》の生まれであることを理由に、甲冑だけではなく、馬や小者中間《ちゅうげん》まで揃えてくれた。

〝天下の後藤又兵衛殿が身ひとつで城に入るのは忍びない話や。わてに出来ることは、やらせてもらいまっさかいに、たんと武功を挙げてくんなはれや〟

たまたま立ち寄っただけの縁も所縁《ゆかり》もない武具屋の主人である男は、そう言って又兵衛を景気よく送り出してくれた。

天下の後藤又兵衛……。

そう呼ばれるに恥じぬ男であらねばと思う。だからこそ、こんな名ばかりで実の無い者に、へらへらと追従《ついしょう》する訳には行かなかった。

今からでも遅くない。

去る……。

意を決し、腰を上げようとしたその時だった。

「御待ちくだされ」

五人の列にしか届かぬ声が、左端から聞こえてきた。

真田信繁である。

視線は正面に据えたまま、信繁は澄ました顔色で言葉を続けた。

「ここで其方に立たれては、我等の勝ちは無きも等しいものとなりましょう。どうか、ここは堪えていただきたい」

又兵衛の心を読み切ったように言った信繁に、二人に挟まれた長曾我部盛親が怪訝《けげん》な顔をむける。

「如何なされた」

武骨な四国の男の顔色を見て、治長が声をかける。が、又兵衛にかけられた信繁の言葉は聞こえていないようである。

「い、いや……」

「城より打って出る」

盛親のうろたえた声を掻き消すように、信繁が背筋を伸ばして言った。このひと言で、盛親の動揺と広間に流れた不穏な気配は一気に掻き消された。そして、豊臣の者たちの目は信繁に注がれる。

又兵衛は完全に機を奪われてしまった。高慢な治長の言葉とともに立っていれば良かったのだが、信繁に視線が集まるいまでは、怒りをむける相手が違う。今更、治長の態度をどうこう言っても誰にも響かぬし、第一又兵衛自身が席を立つ気を失っていた。

真田信繁という男に俄然《がぜん》興味が湧いている。又兵衛の心の裡を読み、的確な言葉を吐いて機先を制し、そのうえで評定自体を進展せしめた。たったふた言で、信繁は皆の関心を己に向けてみせたのである。

さすがは真田昌幸の子だ……。

今のところはこの程度の評価に留めておくべきだと心に念じ、又兵衛は信繁の策の続きを待つ。

「城を出て戦うと申されるか」

治長の声に、信繁は口許を緩めながらうなずいた。

深紅の甲冑に紅《くれない》の陣羽織。背には真田の家紋である六文銭を背負い、悠然と構える信繁は、又兵衛よりも十ほど若い。しかし、そうは思わせぬ堂々とした貫禄を、背筋を伸ばした総身に漂わせている。

「だが……」

猜疑の光を小さな瞳に漂わせながら、治長が信繁に問う。

「打って出るとはいうても、敵は日ノ本全土より集まって来ておる。十万を四方にむければ、城の守りが覚束ぬ。そのあたりのことは、当然わかった上で申されておられるのでしょうな」

「勿論《もちろん》」

どこまでも上からの物言いを崩さぬ治長に少しの反感も見せず、信繁は快活に答えた。広間に響く澄んだ声に、上座の母子も目を奪われている。

「二万ほどの兵を以って城を出て、宇治《うじ》から瀬田《せた》へとむかいまする」

「瀬田……」

治長がつぶやき、信繁がうなずきで応える。

真田信繁という男がなにを言わんとしているのか、又兵衛には即座に理解できた。

瀬田は琵琶湖《びわこ》から大坂湾へと流れる淀川が、瀬田川の名で湖から南方へと注ぐ要衝に位置しており、東海道を下ってくる敵は、この瀬田を渡って西上してくることになる。かつて織田信長を本能寺で討った明智光秀《あけちみつひで》は、信長の居城である安土城へとむかう途次、この瀬田にかかる橋を落とされ、進軍を阻まれてしまった。

この瀬田に進軍し、川を背にして敵を迎え撃つと信繁は言っているのだ。

「十万の兵を城から出すことはありませぬ。二万で結構。二万を某と後藤殿に与えてくだされば、必ずや敵を崩してみせましょう」

いきなり己の名が信繁の口から飛び出し、又兵衛は面食らってしまった。しかし心の動揺を顔に出すまいと、すぐに平静を取り戻すように頰の肉を引き締める。誰かに見咎められてはいまいかと瞳だけを左右に振ったが、誰もが信繁に夢中で又兵衛のことなど気にかけてもいない。安堵とともに小さな笑みを浮かべ、完全に信繁の気に飲み込まれてしまっている評定にふたたび耳を傾ける。

「狙うは秀忠が率いる徳川本隊五万。上洛する前にこれを崩し、秀忠を討つ」

金色の壁が男たちの声で震えた。

徳川との大戦に臨む腹積りは定まっていたのであろうが、この場にいる豊臣の家臣たちには、明確な勝ち筋が見えていなかったのであろう。漠然と城に兵を集め、漠然と敵を迎え撃つ。その程度の腹積りで、日ノ本全土の侍を敵に回す大戦を始めようとしていたことに呆れるばかりである。

そんな腑抜けた若僧たちに、信繁は確固とした勝ち筋を明示してみせたのである。

どれだけ兵を集めてみても、頭を失えばたちまち動きは鈍くなるものだ。ただでさえ、今回の動員は日ノ本全土の大名に及んでいる。当代の将軍が討たれたともなれば、これまで沈黙を保っていた豊臣恩顧の大名たちの翻意《ほんい》も考えられる。

しかも、信繁の巧妙なところは狙いを秀忠に絞ったというところにある。

又兵衛は嬉しくて堪らない。

百戦錬磨の家康よりも、戦下手の秀忠を狙うほうが討ち果たす道筋が何倍も明瞭になる。実際に徳川の権を握っているのが家康であろうとも、将軍は秀忠なのだ。首としての価値はさほど変わらない。ならば、討ち易いほうに狙いを絞るのが戦の常道である。

真田信繁。

侮れぬ。

先刻まで冷めに冷めきっていた心が滾《たぎ》るのを、又兵衛は抑えきれない。

「だが……。緒戦で其方と後藤殿を失うようなことにでもなれば、我等にとってこれほどの打撃はない」

治長が淡々と言った。

後ろ向きな言葉を吐いているくせに、怖気づいているような気配はない。ただ、信繁の策の隙を衝くために言を弄《ろう》しているだけ。そんな素振りである。

腹が立つ。

まだ敵を恐れて後ろ向きなことを言ってしまうような臆病者のほうが許せる。己の思慮深さを主にひけらかすためだけに、勝ち筋を提示する者の逆張りに回ろうとしている治長のごときあざとさが、この世でなによりも汚らしいと又兵衛は思う。

「誰が助けてくれるのじゃ」

堪え切れずに又兵衛は腹から声を吐いた。信繁と治長の問答に突然割って入った又兵衛に、皆の視線が集まる。

「ごほっ！」

これみよがしに咳払いをひとつしてから、又兵衛は小癪な治長を睨むようにして白髪混じりの髭を震わす。

「籠城とは後詰《ごづめ》あっての策にござる。十万もの兵にて城に籠れば、どれだけ兵糧を掻き集めたとしてもじきに米は尽き、飢えに苛まれることになる。十万が飢えるのじや。城のなかは阿鼻叫喚《あびきょうかん》の地獄となりましょう。亀が甲羅《こうら》に籠るかのごとくに、城に閉じこもってみたところで、どこからも助けは来ぬ。城より打って出て、形勢を揺るがす一撃を敵に加えねば、我等の勝ちはありませぬぞ」

信繁の肩を持つように、ずいと身を乗り出し治長に迫った。視線を槍に代え、鋭い切っ先で高慢な鼻っ柱を貫かんばかりに豊臣家の重臣を睨みつける。

「古来……」

又兵衛の殺気をどこ吹く風と受け流すように、治長は目を伏せ、微笑とともに心の籠らぬ声を吐く。

「瀬田、宇治を守って戦に臨み勝った例《ためし》はありませぬ。源平の折も、承久《じょうきゅう》の折も……」

源平の折とは、旭《あさひ》将軍、木曾義仲《きそよしなか》と源九郎義経《みなもとのくろうよしつね》の戦のことである。都より平家を追い払った義仲の乱暴狼藉《ろうぜき》に耐えかねた後白河《ごしらかわ》法皇が、義経の兄、源頼朝《よりとも》を頼った。頼朝は義経に兵を与えて義仲追討を命じる。義仲は宇治川に陣を布《し》き、渡河しようとする義経を迎え撃ったが、義経の猛攻の前に敗れ、敗走中に討たれてしまった。

承久の折とは、鎌倉幕府執権、北条義時《ほうじょうよしとき》追討に端を発した後鳥羽《ごとば》上皇と幕府の戦いである。この戦の折も朝廷軍は、宇治川に陣を布いて幕府軍を迎え撃った。しかし義時の子、泰時《やすとき》に率いられた幕府軍に敗れ、後鳥羽上皇は隠岐《おき》に配流されることになった。

いずれの戦もたしかに宇治川にて敵を迎え、敗れている。

大坂城のあたりを流れる淀川は、宇治では宇治川、瀬田では瀬田川と呼ばれているが、ひとつの川である。

「瀬田、宇治にて敵を迎え撃つは不吉なり」

治長は声を震わせることなく平然と言ってのけた。

「本心からの御言葉か」

思わず又兵衛は問うていた。心に湧いた言葉がそのまま声となって零れ出た。それほど、いまの治長の言が又兵衛にとって信じられない物だったのである。

かつての戦、前例の敗北によって、いま現在の戦の策を定めるなど、愚行中の愚行であろう。時も違うし情勢も違う。そのうえ戦う者も違うのだ。同じような場所でかつて二度、敗戦があったというだけのことではないか。前例を引いて策を決めるのが常道だというのなら、誰かが敗れた場所では戦はできぬ。かつてこの城のあたりには、石山本願寺《いしやまほんがんじ》の総本山があった。一向宗はこのあたりに蟠踞《ばんきょ》し、織田の軍勢と十年もの長きにわたり激闘を繰り広げ、遂には敗北し、宗主である本願寺顕如《けんにょ》とともに大坂を退去したという前例がある。

この地で戦をすれば敗れる。前例を引くのであれば、結果はそうなるではないか。

「本心にござる」

平然と答えた治長の目に、いささかの揺らぎもない。

「ならば、この地で戦をすること自体が、愚かなことにござろう」

胸中の想いを吐き出すように、又兵衛は小癪な能吏に邪気を浴びせ掛ける。

「この地はかつて本願寺であった。織田信長に敗れた戦があった地にござる」

「この城は太閤殿下が天下を御治めになられた大吉の城にござる」

「そ、そんな屁理屈が……」

「後藤殿」

涼やかな声が又兵衛を止める。

信繁だ。

「これ以上は」

紅の智将が首を左右に振る。

「とにかく」

又兵衛の激昂を咎めもせず、治長は淡々と続けた。

「大事な兵を分散させる訳にはまいりませぬ」

豊臣家の者たちは、又兵衛の荒い鼻息に臆したのか、口をつぐんで成り行きをうかがっている。ただ一人治長だけが、存分に牢人たちと渡り合っていた。上座の惣領は、そんな両者の太刀打ちに介入することなく、口をつぐむ家臣たち同様、評定がどこへ流れ着くかをただ黙って見守っていた。

信繁は、これ以上は黙っていろと言った。又兵衛にも、その真意はわかっている。戦を知らぬ者にどれだけ道理を説いても無駄なのだ。吉凶などで策を論じる者に、なにを言ってもはじまらない。

それでも……。

又兵衛は引き下がる気になれなかった。

ここで妥協するのなら、いったいなんのためにこの城に入ったのか。徳川に一矢報いるため。これまでの不遇を挽回するため。豊臣の勝利だけが、ここに並ぶ五人の命運を好転させる唯一の方策なのではないか。

勝つために邁進《まいしん》せねば、又兵衛がここにいる意味がない。

〝良い加減、大人にならんか〟

旧主の言葉が脳裏に蘇る。

生国播磨で幼少の頃から側に仕えた主だった。兄弟同然の間柄だと、お互い思っていた。

黒田長政。

筑前五十二万三千石の大大名である。

関ヶ原の功によって長政が筑前に大領を得た時、又兵衛もまたそれまでの功を認められ大隈《おおくま》という地に一万六千石の領地を得た。

しかし……。

時を経るごとに主との間に隙間風が吹くようになった。戦が絶えた世で、長政は能吏のごとき気性を強くし、徳川に阿《おもね》ることしか頭に無くなった。そんな腑抜けた主と相対すると、又兵衛は昔馴染みの甘えから、ついつい無礼な物言いばかりを繰り返してしまった。そうこうしているうちに、息子に対する主の非礼を原因として、又兵衛は黒田家を捨てた。又兵衛の武勇を知る大名たちは、こぞって士官を勧めてきた。細川忠興からは五千石で、福島正則からは三万石で。しかしそんな士官のことごとくが、旧主の執拗な妨害によって阻まれてしまった。

〝又兵衛よ、良い加減、大人にならんか〟

暴言ばかりを口にする又兵衛を、旧主である長政は事あるごとにそう言ってたしなめた。

だが、許されぬことを許すつもりはない。どれだけ子供だと言われようと、又兵衛は己が道を妥協するつもりはなかった。

黒田家を辞して八年あまりが過ぎた。それでもまだ、どうやら又兵衛は大人になりきれていないようである。

「城に籠って敗れるか。それとも打って出て勝ちを見出すか。ふたつにひとつにござる」

もはや治長にいくら言を弄してみても無駄である。上座の秀頼を見つめ、膝を滑らせ間合いを詰める。

「後藤殿」

列からはみ出した又兵衛を律する治長の声が、黒き鎧を止めた。

「城に籠り敵の攻め手を退け続ければ、豊臣恩顧の大名たちの心も動くはず。包囲のいたる所で反旗の兵が起これば、徳川勢も抗することが出来ぬようになりましょう」

又兵衛の強硬な反抗を前にとっさに思い付いたのであろうか。治長が籠城の利を説いた。

「しか……」

「いずれの策が良いか、秀頼様に御伺いいたしましょう」

なおも詰め寄ろうとした又兵衛を止めるように、治長が素早く言葉を連ねて、上座にむかって深々と頭を下げた。それを見た左右の家臣たちが一斉に辞儀をする。又兵衛と信繁以外の牢人たちもつられてひれ伏した。

又兵衛と信繁の視線が、束の間交錯した。

致し方無し……。

かすかにうなずいた信繁の目がそう語っていた。

信繁も上座に伏す。

列に静かに戻って又兵衛も頭を垂れた。

はじめに聞こえて来たのは、若き侍の声ではなく女のものだった。

「真田殿、後藤殿の言い分ももっともではあるが……」

続く言葉は又兵衛には聞こえなかった。

城に籠ることで、評定は決したようだった。

籠城を決めた治長たちは、十万の兵を遊ばせはせず、周囲の要衝に柵や砦を築き、徳川勢の到来に備えた。当初は又兵衛とともに城外での迎撃を主張していた信繁も、籠城と決してからは腹を括ったのか、惣構えである大坂城の弱点ともいえる南側に、みずからの兵とともに守る出丸を築き始めた。

誰もが腹に一物を抱えながら、戦支度に追われる日々が続く。そんななか、又兵衛は釈然としない気持ちを抱えたまま与えられた屋敷で安穏と暮らしている。城内の牢人たちの間では、城に格別に呼ばれた又兵衛たち五人のことを豊臣五人衆などといってもてはやしているとも聞くが、当の又兵衛は他の牢人たちとなんら変わらぬと思っている。昔の武勇が、戦を知らぬ豊臣家の若き家臣たちの耳に届いていたというだけで、城下に群れ集う男たちのなかに、又兵衛以上の剛の者がいてもおかしくはないのだ。

徳川の治世において、禄という餌で飼い慣らされた者たちなどよりも、この城に集った牢人たちの方が、戦を知っている。みずから戦いを望んで集った我等が、徳川の青侍などに敗けるはずがない。

そう信じていた。

木津川の砦が奪われるまでは。

二十万の大軍が大坂城に集い、両軍がにらみ合いを初めてから数日後のことであった。城の西方、大坂湾へと流れこむ木津川口に、治長たちは砦を築き、その北方、博労淵の砦とともに、西から攻め寄せて来る敵への備えとした。

この木津川の砦が一夜にして攻め落とされたのだ。守将であった明石全登が城に呼び寄せられていたその時に。

軍議とも付かぬ無駄話のために、敵との最前にある砦を守る将を城に呼ぶとは如何なることか。しかも、城内に泊まらせていたというのだから話にならない。

城攻めなのである。

いつ何時、敵が攻めて来るかわからぬのだ。昼も夜もない。敵を前にして守将が砦を離れるなど、決してあってはならぬのだ。

敵に備えて築いたはずの砦が、いともたやすく落ちた。

落ちたとはいえ、まだひとつ。それが治長たちの考えであった。西方には博労淵。北東には大和《やまと》川を南北に挟むようにして築かれた鴫野《しぎの》と今福《いまふく》の砦がある。

大坂城は三方を川に囲まれ天然の堀とし、南方のみが開けていた。三方はさほど備えを置かずとも、攻め寄せて来られる心配は少ない。

問題は南方なのである。

一夜で落とされるような砦を築いて備えた備えたと満足する暇があるのなら、大軍を擁して攻め寄せることのできる南方の備えをもっと万全にするべきではないのか。

その点、信繁の目は鋭い。腰の重い豊臣家の家臣たちを説き伏せ、出丸を築いてみせた手腕は見事の一語に尽きる。

〝真田丸〟

信繁が築いた出丸の名だ。ひねりはまったくないが、真っ直ぐな名で良いと又兵衛は思う。

出丸を築くことで、信繁は己の居場所をいち早く見つけた。それに対して、又兵衛はまだこの城に馴染めていない。

木津川口の敗北から七日が経っていた。

ふたたび両軍は睨み合いに入っている。

戦が始まれば、誰に止められても飛び出すつもりであった。槍働きこそが、己の本分だと心得ている。信繁のように弁舌で器用に立ち回ることはできない。槍でしか語れぬ男は、戦が無ければ用無しなのだ。

又兵衛の居場所は戦場にしかない。

戦はまだか……。

そんな又兵衛の心の底からの望みは、すぐに叶えられた。

「すでに鴫野の砦は敵の手に落ちておりまする」

　言った治長の頰がひくついている。

「守将の井上頼次《いのうえよりつぐ》は討ち死に」

「敵は」

　又兵衛は静かに問う。過日、秀頼と面会した大広間である。左右に並ぶ豊臣家の家臣たちはさすがに皆、甲冑に身を包んで物々しい顔付きで中央に座す又兵衛を見ていた。五人衆の他の者たちはそれぞれの持ち場に散っている。ただ一人、又兵衛だけが広間に呼ばれていた。

「上杉景勝《うえすぎかげかつ》の手勢五千」

「こちらは」

「二千あまり」

　治長が淡々と答える。

「渡辺殿が我が手勢とともに後詰にむかい申した」

　我が手勢とは治長の兵なのであろう。渡辺というのは豊臣家の臣で、渡辺糺という名の男である。

「天満《てんま》からも旗本七手組《ななてぐみ》が後詰にむかい申した」

旗本七手組とは、豊臣家の旗本で構成された組織である。秀吉が存命中に家中でも武勇に秀でた者を選んだこともあり、いまなお豊臣家のなかにあって精鋭との呼び声が高い。

「一度は砦を奪い返したのだが、敵の数に押され退き申した」

「つまりは奪われたということですな」

治長は声もなくうなずいた。

「今福は」

鴫野で戦があったとなれば、対岸である今福が無事で済むはずがない。又兵衛の声を耳にした治長が、無言のままうなずく。

「佐竹義宣の軍勢が攻め寄せ、守将の矢野《やの》正倫《まさとも》の応戦もむなしく……」

「奪われたか」

「矢野は砦に引き上げる最中、門を開いたままであったがゆえに、敵に雪崩れ込まれたというのはまことであるか兄上」

又兵衛の問いの答えを待たずに、治長に問うたのは、その弟である大野治房であった。線の細い兄に比べ、武骨な体格をしている。鼻息は荒そうだが、果たして戦で使えるかどうか。

「そのようだな」

「無様なことよ」

苦々し気に答えた兄に、鼻の穴を大きく広げて治房が吐き棄てた。

「基次」

突然、上座から穏やかな声が降ってきて、又兵衛は一瞬、己が呼ばれたということに気付かなかった。

「後藤殿」

又兵衛を呼ぶ治長の声を耳にして、又兵衛は上座に目をむけることができた。

父には似ぬ大きな体を時代がかった大鎧で包んだ秀頼が、床几の上から又兵衛を見下ろしている。戦の最中だ。さすがに淀の方の姿はない。

「其方を呼んだのは他でもないのだ」

おおらかな笑みを浮かべたまま、秀頼が言った。敗北の報せが相次ぐ評定の席でも余裕の笑みを絶やさぬのは、噂通りの愚か者だからなのか、それとも父譲りの器の大きさゆえなのか。親しく接したことのない又兵衛には推し量れぬ笑みであることは間違いない。

「頼みがあるのだ」

「なんなりと」

言うと同時に頭を垂れる。

すでに又兵衛は浪々の身ではない。秀頼を主君と仰ぐ、豊臣家の臣なのである。治長たち譜代の臣との間には分厚い壁があるが、それでもこうして秀頼に呼ばれて登城している以上、豊臣家の臣であることに違いはないのだ。

「今福の砦が敵に奪われたと聞いて、儂の近習を長年務めておった者が飛び出して行きおったのだ」

「木村重成と申す者だ」

治長が付け加える。

「木村……」

又兵衛は秀頼に辞儀をしたままつぶやく。名を聞いても覚えはなかった。

「死なすには惜しい男なのだ。其方が行って助けて来てはくれまいか」

私情……。

なのか。

いまだ母親が付き添わねば家臣と対峙することもできぬ若者が、ただ単純に親しき者を死なせたくないと思い、又兵衛に助けを求めたのだろうか。そうだとすれば、これほど愚かなことはない。己を過剰に評価するわけではないが、又兵衛はここに集う者たちなどよりも何倍も戦働きができると自負している。そんな己を、たかが近習上がりの若者を助けるためだけに敵陣に送り込もうとしているのだ。

戦場というところはなにが起こるかわからない。

百戦錬磨の武人であっても、たったひとつの銃弾によって命を落とすこともある。その木村何某とかいう侍と又兵衛の命は、本当に天秤にかけるだけの価値があるのか。

「重成は某の乳母の子でな。歳も同じ。いわば儂の兄弟のごとき者なのだ」

やはり私情か。

兄弟同然の家臣と、又兵衛……。

木村重成の方が己よりも重いということなのだ。上座から目を逸らし、落胆を固い笑みにして、又兵衛は広間の青々とした畳を見つめる。

「だから死なせたくないという訳ではない。重成は又兵衛に勝るとも劣らぬ剛の者。若いが儂とは違い、豪胆な男じゃ。ここで死なせては勿体無い。そう思うた故に、其方に行ってもらうのじゃ」

己に勝るとも劣らぬ剛の者という言葉が、又兵衛の心を揺り動かす。

「豪胆が故に、儂や治長の制止も聞かず、己が手勢のみを率い、飛び出して行ってしもうたのじゃ」

主の命に背いてでも、奪われた砦を取り戻す。その心意気は嫌いではない。むしろ好ましい。

「某も……」

固い笑みのまま上座の若者を見た。

「戦場では、命に従わずに突出し、何度も旧主に叱られ申した」

それ故、後藤又兵衛という名が売れたのだ。

「承知しました。木村重成殿、必ずや御救いいたして参りまする」

「頼んだぞ又兵衛。重成を叱ってやらねばならぬのだ」

「御任せあれ」

一礼して立ち上がる。

久方振りの戦場。

数日の鬱屈が嘘のように、軽くなった体をひるがえし、又兵衛は広間を辞した。

重成の姿はすぐに見つけることが出来た。

数百あまりの手勢で千五百ほどの佐竹勢に猛攻を仕掛けている一団のなかで、ひときわ体軀の大きな男が馬上で懸命に槍を振るっている。

あれが木村重成……。

戦場にむかって馬を走らせる又兵衛は、確信に近いものを感じていた。

秀頼が剛の者というだけあって、槍さばきは見事である。右に左にと体をひるがえしながら、眼下に迫る敵を追い払っている。

すでに砦から佐竹勢は後退していた。重成が率いる数百の軍勢に勢いを削がれてしまい、敗勢に回っている。それでもなんとか耐えていられるのは、鴫野の砦の占拠を完了させた上杉勢の鉄砲隊が、川を越えて後詰に現れたからであった。横腹に銃弾を浴び、重成たちは砦から動くことすらままならない。前方を佐竹勢が止め、横から上杉の鉄砲隊の斉射がこのまま続けば、重成はじりじりと兵を失い壊滅しかねなかった。

これ以上ないというほどの好機である。

馬上ではげしく揺れる又兵衛の、髭におおわれた唇が、いびつなくらいに弓形に歪む。

小脇に抱えた槍を握りしめ、高々と掲げる。

「敵味方いずれも決め手を欠いて身動きできずにおるっ！　このまま突き進み、木村殿の軍勢を抜けて佐竹の弱兵どもにぶつかるぞっ！　良いかっ！　儂等で突き崩すっ……のじゃっ！」

久方振りに馬上で叫んだから、鞍《くら》の上下の所為で最後のあたりで舌を噛んでしまった。寄る年波には勝てぬと自嘲気味に笑いながら、秀頼に借りた三百あまりの兵とともに、砦にむかってひた走る。

やはり戦場こそが己の居場所だと、又兵衛は改めて痛感していた。

打てど響かぬ豊臣の家臣たちや、課せられた命を唯々諾々《いいだくだく》と受け入れるだけの牢人たちへの怒り。己よりも上手く立ち回り、皆に一目置かれている信繁に対する焦り。様々な面倒な想いに苛まれながら城中でくすぶっていた頃とは比べものにならないくらい、又兵衛の心は躍っていた。

「待っておれよぉ」

じきに砦に辿り着く。

羨ましいくらい必死に重成が馬上で戦っている。

「死ぬなよ」

必ず生きたまま、秀頼の前に連れてゆく。

殺すには惜しい男だと豊臣家の惣領が言ったのが嘘でないことは、眼前で戦う若武者の姿を見ていれば、又兵衛でなくともわかる。

あの若者は死なせてはならぬ。

腑抜けた者ばかりの豊臣家の臣にあって、あの男だけは他とは違う輝きを持っている。

「待たせたっ！」

蒼天にむかって吠《ほ》えながら、又兵衛は木村勢に背後から馬ごと飛び込んだ。そのまま兵の波を掻き分け、敵を目指す。

「何方《どなた》かっ！」

真新しい甲冑に紅の陣羽織を羽織った重成が、背後から現れた漆黒の鎧武者にむかって叫んだ。

「後藤又兵衛じゃ」

それだけ答えると、又兵衛は若者の顔も見ずに前方の敵にむかって馬を走らせる。

「儂等の到来で敵が崩れる。横からの銃弾に構わず、御主も付いて参れっ！」

すでに眼前に敵の群れを捉えている。

まずは……。

「一人っ！」

徒歩《かち》を馬上から叱咤している名も知らぬ騎馬武者の横っ面を、馬が突き進む力をそのまま槍に乗せながら叩いた。柄と兜がぶつかった激しい音とともに、騎馬武者が白目をむいて落馬する。

仕留めた者など眼中にない。

二人、三人と眼下に見える敵の足軽に槍を振り下ろす。

穂先は使わない。

いざという時に刃零れして使い物にならぬことを避けるためだ。

鉄芯が入った柄で叩く。

顔を打つ時は首の骨が折れる角度で、胴ならば腕ごと横から。甲冑に包まれていようと関係ない。肩の力を抜いて柄に速さを伝えてやれば、兜や甲冑を貫いて、衝撃が直接体を襲う。

師に教えを乞うたことなど一度もない。戦う術はすべて戦場で学んだ。

「ははっ！」

大きく開いた口から、短い笑い声を吐き、又兵衛は敵の最中で槍を振るう。

「佐竹勢が逃げて行きまする」

背後から若い声が聞こえて来た。

重成であろう。

見ない。

敵を屠《ほふ》ることだけしか考えられない。

「どこまで追いまするか」

「潰す」

執拗に問いを投げてくる若者に、ぞんざいに言い放ちながら、又兵衛は遥か彼方で銃を構える兵を視界に捉えた。

銃口が己を狙っている。

思った時には頭を傾けていた。

甲高い音が兜の前立てあたりで鳴り、右の耳を耳鳴りが襲う。銃弾と兜がぶつかった衝撃で、兜のなかで高音が轟いたのだ。しばらく右耳は使い物にならない。

「大事ないか」

「はいっ！」

銃弾を受けながらも重成を案じる言葉を吐いた又兵衛に、快活な声が返って来る。

それと同時に、白馬が眼前に躍り出た。

目にも眩しい緋色の陣羽織。

重成だ。

「某がしばらくは又兵衛殿の御前を守りまするっ！」

「無用じゃっ！」

言いながら白馬を押し退けようと、みずからの黒馬の腹を蹴る。

それを機敏に察した重成が、白馬を横にして行く手を塞いだ。

「御主っ！」

「木村長門守《ながとのかみ》重成にござります」

「知っておる」

槍を振りながら名乗った若者に、又兵衛もまた眼下の敵の頭蓋を陣笠ごと叩き割りながら答えた。

「御主を助けよと秀頼様に頼まれた」

「それは忝《かたじけな》い」

いけしゃあしゃあと重成は笑みを浮かべて言った。その手は休む暇もなく、右に左にと振り回され、白馬の足元で敵が骸となってゆく。敗けてなるかとばかりに、又兵衛も遮二無二槍を振るう。二人の周囲に群れる敵は、次々と命を失ってゆく。

「このまま敵の大将を討つ」

「大将……。出羽二十万五千石の領主、佐竹右京大夫《うきようのだいぶ》を討つと申されるか」

「無論っ！」

「それは剛毅なことよ。はははははっ！」

楽しそうに笑う重成の目が、前方の敵にむけられたまま止まった。

「又兵衛殿」

言った重成が白馬を止める。又兵衛も眼前の異変に気付き己が馬を止めた。

槍の群れが二列になって行く手を阻んでいた。背後に見える敵を守るように砦からの道を塞ぐ敵は、槍を構えたまま片膝を地に突いてこちらをにらんでいる。

「待てぇっ！」

突出しようとしている味方の兵を、重成が槍を振り上げながら叫んで止める。又兵衛も腕を振り、みずからが率いてきた兵の足を止めた。荒い息を吐きながら足踏みする白馬の上で、重成が先刻までの軽妙な口振りからは考えられないほど厳しい声を吐く。

「決死の覚悟でありましょう」

「あぁ」

うなずく又兵衛の口中で歯が鈍い音を鳴らす。

死を覚悟し、味方の退路を確保する者たちを切り崩すのは並大抵のことではない。すでに死ぬことは覚悟の上であるから、気迫で押し切ることができない。勢いも通用しない。槍襖《やりぶすま》に突進すれば、それ相応の被害が出る。

「ここまで追えば、敵も攻めては来ますまい。退却いたしまするか」

砦を取り戻し、かなりのところまで佐竹勢を追った。たしかに重成の言う通り、ここで退いてもこちらの勝ちは揺るがない。

背後に城が見える。

大坂城の中からも又兵衛たちの奮戦はたしかめられているはずだ。秀頼や治長だけではなく、城下の牢人たちも固唾《かたず》を飲んで見守っていることだろう。

「そうだな」

かたわらに侍る重成の若い瞳には、又兵衛への羨望《せんぼう》の光が輝いている。

眼前で槍を構える男たちは、なにがあってもここから先へは通さぬと、肝の据わった顔付きで待ち構えていた。

こうして逡巡している間にも、槍襖のむこうの敵はぐんぐんと遠くなってゆく。

「早う退かねば、上杉や新手の後詰に囲まれてしまいまする」

良いのかこれで……。

「せやっ！」

迷うより先に体が動いていた。

「又兵衛殿っ！」

馬腹を蹴って槍襖へむかって駆けだした背を、重成の戸惑いの声が止める。だが、走り出した又兵衛は、誰にも止められはしない。

又兵衛が率いてきた兵たちが、主の後を追うように駆けだした。

「儂が槍衾に傷を作るっ！　御主等はその傷を広げろっ！」

応という声を背に受けながら、又兵衛は一直線に槍襖へと駆けてゆく。

銀色の刃の群れが剣山のごとくにそびえ立ち、単騎で迫る又兵衛に狙いを定める。

相手は片膝立ち。

こちらは騎乗。

敵が腕を伸ばせば穂先が馬の前足を貫くほどの間合いまで駆けた。

「どっせいっ！」

馬腹を挟む太腿に力を込め、思い切り手綱を引いた。

跳べ……。

心で馬と語り合う。

魂からの言葉が通じたように、又兵衛の巨軀を乗せてもびくともしない巨馬が、薄《う》羽《ば》のごとく飛翔した。

槍を構えた敵が、あまりの美しさに一瞬言葉を失い、又兵衛を見上げる。

我に返った敵が槍で捕えようとしたが、もう遅い。

巨馬の蹄《ひづめ》が敵の頭を踏み付けながら、着地する。槍を構えた敵が二人、頭を砕かれ絶命した。呑気に馬の背にまたがる又兵衛ではない。馬が敵を二人屠《ほふ》った時には、鉄芯入りの柄の石突《いしづき》辺りを両手で握り、極限まで間合いを広げた槍で、立ち尽くす敵の頭を薙《な》ぎ払う。

又兵衛が着地したあたりの槍襖が割れた。

「続けぇいっ！」

隙間から見える己が手下たちにむかって叫びながら、又兵衛はすでに駆けだしていた。

単騎……。

槍襖を残して逃げ去ろうとしている佐竹の本隊目指して突き進む。

「待て。まだ終わっておらぬぞ」

体じゅうの血が沸き立つ。

この時のために旧主に逆らったのかもしれないと思えるほどに、又兵衛は奮い立っている。

背後で槍襖が崩れたのであろう。獣のごとき咆哮を上げながら、又兵衛が率いてきた男たちが主の背を追うように駆けて来る。

振り向きもせずに又兵衛は馬を走らせた。

敵の最後尾が迫る。

「佐竹っ！　佐竹義宣はどこじゃっ！」

二十万五千石の大名の名を呼び捨てに叫びながら、泣きそうな顔をして逃げる敵の背に槍を突き入れた。

薙ぐ訳ではないから、さほど刃零れはしない。勢い良く真っ直ぐに突き入れれば、胴丸程度で切っ先が折れる心配はない。

ためらいなく引き抜くと、血走った眼で敵を睥睨する。

「後藤又兵衛が首を貰いに来たぞっ！　さぁ、逃げずに勝負せいっ！」

もはや敵は戦う気力すら残っていない。

槍襖すら崩して迫り来る敵を前に、すっかり怖気づいてしまっている。

軟《やわ》い……。

薄ら笑いを浮かべ、又兵衛は槍を振るいながら思う。

槍襖となった者たちにはまだ決死の覚悟が垣間見えたが、それより先を逃げる者たちには、武士としての気概がまったく感じられない。本来、大将を守るため、みずからが盾となって又兵衛の前に立ち塞がらなければならないはずの旗本たちが、我先にと逃げ回っている。

「渋江《しぶえ》政光《まさみつ》、討ち取ったりぃっ！」

槍襖のあたりから声が聞こえた。重成の率いる兵たちであろう。どうやら槍襖を指揮していた将であるらしい。

このような弱兵の将の首をいくら取ったところでなんになる。

又兵衛の頭のなかには佐竹義宣の名しかない。

扇の紋が染め抜かれた旗印が高々と上がっている。

本陣だ。

あそこに義宣がいる。

敵を斬り崩し、一直線に本陣をめざす。

関ヶ原……。

十四年も昔のことだ。

あの日、又兵衛は一度死んだ。

戦場が絶えた世に、又兵衛が生きる場所などどこにもなかった。

旧主に過分なほどの領地を与えられ、重臣と呼ばれる地位にありながらも、又兵衛はなにひとつ満たされなかった。みずからの家臣たちに頭を垂れられ、満足過ぎる食い物に恵まれ、安穏とした日々を送っていられることを、幸福だと感じたことは一度もない。

風を切る音が耳の真横を通り過ぎる。

矢玉が通り過ぎた音。

少しでも頭がずれていれば、又兵衛の命はもうここには無かった。

「これじゃ」

又兵衛は笑む。

死と隣り合わせ。

少しでも気を緩めれば、足元の暗闇から死という名の手が足をつかみ、一気に地獄へと引き摺り込む。又兵衛はその手から逃れるために、毛の先にいたるまで総身に気を巡らせ、槍を振るう。死に抗《あらが》うには、敵に勝つしかない。敵将の首を狩ることで、又兵衛はその日を生き延びることができる。そうして迎えた夜、一人横になりながら、はじめて生きているという実感を得るのだ。

これほどの幸福は無い。

眼前の敵の頭が、横から柄で叩かれ砕ける。血と涙をほとばしらせながら爆《は》ぜる頭を見つめながら、又兵衛は己が居場所に戻ってきたと心底から思う。

旗印が迫る。

佐竹義宣は目の前だ。

白馬……。

立ち塞がっている。

馬上で若者が叫んでいた。

重成。

木村重成だ。

「又兵衛殿っ！」

若く瑞々しい声が、又兵衛を恍惚《こうこつ》の沼から引き摺り出す。

血塗れの槍を止め、重成の険しい顔をにらむ。

「上杉だけではなく、堀尾《ほりお》、榊原《さかきばら》、丹羽《にわ》の軍勢も後詰に現れ、我等はすでに囲まれておりまするっ！　ここで退かねば潰されてしまいまするぞっ！」

確かに、先刻より敵が多くなっている。旗印もまちまちで、たしかに上杉の物が目に付いた。

「そうか……」

腹に深く息を吸い込み、又兵衛は間近に見える佐竹の旗印を見上げた。手を伸ばせば届くところにあるが、敵の顔色が違っている。恐れを露わにしていた佐竹の兵たちの目にも、後詰の到来により精気が蘇っていた。

「ここで深追いして、せっかくの勝ちを失ってはならぬな」

「はい」

溜息混じりに言った又兵衛に、頬の返り血を拭いながら重成がうなずく。

「退くぞ」

佐竹の旗に背をむけて、又兵衛は槍を小脇に挟む。

「退けぇっ！　退却じゃっ！　退け、退けぇいっ！」

重成が白馬の腹を蹴り、先陣を切って走り出した。若き荒武者を追うようにして、味方が今福の砦目指して駆け出す。

「まぁ……」

肩越しに敵を見据える。

「機会はいくらでもある」

己を納得させる言葉を吐いて、又兵衛は殿軍《でんぐん》となって馬を駆る。

又兵衛たちの戦いぶりに恐れを成した敵は、追ってはこなかった。襲われた今福の砦の修復を急いで終わらせると、又兵衛は重成とともに城への帰路に就いた。

「おぉぉぉぉっ！」

城の塀という塀に男たちが登って歓声を上げていた。その視線は、並んで馬を歩かせる又兵衛と重成に注がれている。

「槍を挙げてやれ」

「それは又兵衛殿が……」

照れ臭いのか、若き豊臣の侍が頬を赤らめながら言った。

「主が止めるのも聞かずに御主が城を飛び出したから、今度の勝利があったのだ。己が武勇、堂々と示してやれ」

「わかりました」

照れ笑いとともにうなずいた重成が、塀の上で叫ぶ男たちに目をむけた。

静かに槍を天に掲げる。

「叫んで応えてやらんか」

言葉で重成の背を押す。

「はい」

槍を掲げたまま、重成がうなずき、ふたたび熱い視線をむける男たちに顔を見せた。

「おぉぉぉぉぉぉぉぉぉっ！」

若き侍が腹から叫ぶ。

「おぉぉぉぉぉぉぉぉぉっ！」

その何百何千倍もの声が城から帰ってきた。

「勝ったのですね我等は」

「うむ」

穂先で天を貫きながらつぶやいた重成に、又兵衛はうなずきを返す。

悪くない……。

歓喜する男たちを見上げながら、又兵衛はこの時はじめて、己が豊臣家の一員であることを実感した。

この日の又兵衛と重成の武勇は豊臣家に留まらず、徳川勢にも轟き、二人の名は敵の間でも褒め称えられた。

しかしこの三日後、城の西に位置する博労淵の砦が蜂須賀至鎮の率いる軍勢に落とされることで、敵による城の包囲はほぼ完了してしまった。

禄　真田左衛門佐信繁

やるだけのことはやった。

だが……。

やりようがなかった。

大坂城の南方に突き出した出丸の櫓《やぐら》に登り、真田左衛門佐信繁は眼下を埋め尽くす敵兵を見下ろしている。

三方を川に囲まれ、天然の堀とした大坂城の守りは万全であった。

城攻めの天才、豊臣秀吉がみずからの居城として築かせた難攻不落の城である。二十万もの敵を迎え撃つには、これ以上ないほどの堅城であった。

だが、どんな城にも弱点はある。

川と堀を巡らした三方の守りは堅いのだが、唯一南方に開けた平地だけはどうすることもできなかった。当然、敵もその辺りのことは承知の上である。大半の敵が、南方の平地に布陣し、敵の総大将である徳川家康と秀忠親子もまた、その背後に陣を定めていた。

評定の末に籠城と決まった時から、信繁はこの弱点を補わなければ勝ちはないと思い定め、出丸を構築する許しを秀頼から得た。

城の東南部に半円の出丸を築き、そこをみずからの陣所と定めた。

真田丸。

城に籠る者たちからいつしかそう呼ばれるようになり、信繁自身もそれを咎めなかったため、いまではその名が真田家の臣たちの間にも定着していた。

「父上」

背後からの声に信繁は頭だけで振り返る。まだ幼さの残る顔が、櫓の床に切られた四角い穴からのぞいている。

真田幸昌《ゆきまさ》。

十四になる信繁の息子であった。

「見てみろ大助《だいすけ》」

登り終えて隣に立った息子の幼名を口にしながら、信繁は城の外を指さした。身を紅の甲冑に包んだ大助が、櫓の縁から身を乗り出すようにして目を輝かせる。

「こうして見てみると、恐ろしいほどの敵の数にござりまするな」

平地を埋め尽くす敵の旗が、夜風にはためいている。敵陣を照らす無数の松明の明かりが風に揺らめき、火の玉の群れと化していた。息を潜めながら、城へと殺気を浴びせる大勢の敵を前にしても、息子は恐れを噫《おくび》にも出さず、嬉々として声を弾ませる。

「これが一斉にかかってきたら、この城は保《も》ちましょうか」

大助は関ヶ原の戦の翌年この世に生を受けた。だから、戦というものを知らない。この戦が初陣である。

「戦い方次第で、どうとでもなる」

「御爺様と父上は、三千の兵で、三万八千の徳川勢を退けたのでしょう」

「遠い昔のことよ」

中山道《なかせんどう》を上り、関ヶ原へと向かおうとしていた徳川秀忠率いる徳川本軍三万八千を、父の居城であった信州上田の城で三千の兵とともに迎え撃った。城を守りきり、秀忠は天下分け目の戦に遅参するという古今未曾有の失態を演じることになった。

その時の反抗が元で、父と信繁は紀州九度山に配流されることになった。死を免れたのは、今も徳川に仕える兄の信之が、義父である本多忠勝とともに家康に助けを求めたからだった。

三年前に父は配流先で死んだ。

死の間際まで徳川を恨んでいた。かならずや徳川を滅ぼしてみせる。城も家臣も持たぬ山奥のあばら家で十年もの間、囚われの暮らしを続けながらも、心は常に戦国武将であった。

小国であったみずからの領地を守るため、父は武田、上杉、北条、徳川、豊臣を渡り歩いた。昨日の味方は今日の敵。逆もまたしかり。親族であろうと信用せぬ父の才がなければ、真田家は瞬く間に潰されていたことであろう。

表裏比興の者。

関白秀吉が、父を喩《たと》えた言葉である。

我が身の武よりも、智によって勝ちを得る。それが父の戦であった。

そして信繁もまた、そんな父の気性を色濃く受け継いでいるという自覚がある。

だが……。

やはり、やりようがなかった。

「どうなされましたか父上」

隣に立つ大助が首を傾げながら父をうかがっている。

「ん」

「溜息」

「儂がか」

「はい。大きな」

気付かなかった。

「吐いておったか溜息を」

眼下の敵を見下ろしながら、つぶやく。大助は無言のまま、父と同じように敵を見ていた。

すべてのことが一人の女の言葉ひとつで決まるのだから、溜息のひとつも吐きたくなる。

現在の豊臣とは、そういう家であった。

豊臣家の手勢と日ノ本全土から集まった有象無象の牢人たち、総勢十万にも上る武士が揃っていながら、戦に出たことのない女の言がすべてを決するのである。

当初、信繁は後藤又兵衛とともに、城より打って出て野戦での決戦を主張した。

諸大名がおしなべて徳川に頭を垂れている現状では、後詰が見込めない。城に立て籠ったとしても、外から助けが来ることは無いに等しい。そのような状況で、城に籠るなど愚の骨頂である。

上洛してくる秀忠を狙う。

一気に形勢を逆転させるには、それしか方法はない。そう思い定めて、信繁は評定に参加した。

相手は徳川本隊五万人。さすがにこれを討つという策は無謀かもしれない。秀吉でなくとも、出来るだけ城から打って出て勝ちを重ねる。小さくても良い。敵を幾度も打ち破って、士気を挫《くじ》くのである。地の利はこちらにあるのだ。勝ちを重ねて士気を削げば、徳川に頭を垂れながらも心情としては豊臣に与したいと思っている者たちのなかにちらほらと反旗をひるがえす者が出て来る。針の一穴でも良い。一人でも裏切り者が出てくれれば、勢いがこちらに傾きはじめる。そうやって少しずつ切り崩してゆかなければ、勝ちなど見込めるはずもない戦なのだ。

十万と二十万。

数の上では倍ほどの差ではあるが、両者の実際の力には、天と地ほどの開きがある。豊臣家はいま、日ノ本を敵に回しているも同然なのだ。

そのあたりのことが、豊臣家の譜代の家臣たちにはわかっていない。

兵を分散させて城の守りを手薄にする訳にはいかない。それが、淀の方が籠城を決めた最大の理由であった。

たしかに淀の方の言い分もわかる。城を守り切れなければ、戦は終わりだ。それは間違っていない。

しかし。

勝ちを得るためには、多少城の守りを犠牲にしてでも打って出るしかなかったのだ。

信繁は又兵衛とともに評定の席で戦った。やれることはやったつもりだ。

だが。

策は退けられた。

籠城と決まったのなら、腐っている暇はない。覚悟を定め、次の手を打つのみ。

信繁はすぐに動いた。

大野治長等、豊臣譜代の家臣たちを説き伏せ、秀頼の首を縦に振らせ、淀の方の許しをも得て、やっとのことで真田丸を築造することができた。

籠城するならば守り切る。

それしか道は残されていない。

守り切るために、みずからが前線に立つ。そのための真田丸なのだ。

やりようがないなかで足掻《あが》いた結果、信繁が導き出した答えが、この出丸には詰まっている。

大坂城の東南端に、百間《けん》あまりの長さの半円の土盛を築き、周囲に空堀を掘り、堀のなかに三重の柵を築いている。出丸には塀を張りめぐらし、各所に切った狭間《さま》から鉄砲や矢で敵を狙い撃つ。

「動きましょうか敵は」

先刻まで輝いていた瞳に微かな翳《かげ》りを滲ませながら、大助が静かに問うてきた。

不安で仕方ない……。

元服を果たしたとはいえ、まだまだ幼さの残る横顔がそう言っていた。

信繁は息子の背に、皆朱の手甲に包まれた掌を添えながらうなずく。

「敵は戦巧者の家康だ。猪の如き攻めは戒めておるはずじゃ」

城の南方に布陣する敵のなかには、伊達政宗や藤堂高虎などの乱世を知る男たちもいた。家康やこの年寄りたちの目が光っているのだから、若い大名たちも迂闊《うかつ》な動きは出来ぬはずである。

「故に……」

幸村は大助の背に左手を添えたまま、右手の指を城外の丘にむけた。真田丸よりわずかに南方、木々に覆われた丘が見える。大坂の者たちはこの丘を篠山《しのやま》と呼んでいた。

「あの地に兵を伏せておるのではないか」

幸村は真田丸より鉄砲衆を先行させて、篠山に潜ませていた。

「じりじりと間合いを詰めてきた敵に、あの丘より銃撃を喰らわせれば、頭に血が上った奴等がこぞって、この出丸までむかってくるはずじゃ」

「我等の敵は……」

「恐らくは」

信繁の指が篠山から左方に動き、丘のむこうに見えるひときわ巨大な軍勢を捉えた。一万二千は下らない。松明の明かりで照らされたこの一団の元で翻《ひるがえ》る旗には、五弁の梅が染め抜かれていた。

加賀梅鉢《うめばち》。

前田利常率いる加賀前田家の軍勢である。

「加賀前田家といえば、太閤殿下の盟友であられた前田利家《としいえ》公を祖に持つ家じゃ」

現当主の利常は、その子にあたる。

「木津川口や博労淵で奮戦した蜂須賀同様、前田家は豊臣恩顧の大名の一人。徳川家への忠義を示すためにも、躍起になってかかって来よう」

前田家の軍勢は、城の南方に東西にわたって広がる諸大名の東端に位置している。諸大名が揃って北上してくれば、東南端に築かれた真田丸に当たるのは、前田家の軍勢に違いない。

ちなみに東端の前田家より西へむかって、松倉重政《まつくらしげまさ》、榊原康勝《やすかつ》、古田重治《しげはる》、脇坂安元《わきさかやすもと》、寺沢広高《てらさわひろたか》、井伊直孝《いいなおたか》、松平忠直、藤堂高虎、伊達政宗と並び、わずかに逸れた西南方面に、毛利秀就《ひでなり》、徳永昌重《とくながまさしげ》、福島正勝《まさかつ》の陣が並んでいた。それらのなかで一万を超す兵を率いているのは、松平忠直と伊達政宗であり、それでも一万に毛が生えた程度で、一万二千に上ろうかとする前田家には及ばない。後は井伊家と藤堂家が四千あまり。古田家が千ほどで、他は数百という小勢である。

「相対する出丸にひるがえっておるのが六文銭の旗印となれば、前田家も目の色が変わりましょうな」

大助が、先刻までの嬉々とした声に戻って言った。

信繁はうなずきとともに、言葉を返す。

「真田を破ったとなれば、秀忠は大喜びで褒美をはずむであろうしな」

秀忠が関ヶ原の遺恨を忘れているはずがなかった。敵陣に真田の旗がひるがえっているのを目の当たりにすれば、過ぎ去りし日の恥辱を思い出すのは間違いない。

父と戦った十四年前の籠城戦を思い出す。あの時信繁は、上田城の支城である戸石《といし》城を守っていた。兄である信之が攻城軍として戸石城に攻め寄せてきたので、刃を交えることなく兵を退いた。

膝を屈し従属を乞うて時を稼いだかと思うと、一転抗戦の態度を取り城を固めた父の老獪《ろうかい》な態度に翻弄された秀忠は、上田にて足止めを喰らい、結果関ヶ原に遅参するという失態を演じた。三万八千の軍勢を前に父とともに戦った十四年前の己を思い出し、自然と口許が綻《ほころ》ぶ。

あの時の自分と、大助の姿が重なる。

上田城の柵越しに敵勢を睥睨し、父が微笑みながら語った文言《もんごん》が、十四年越しに信繁の口から溢れ出る。

「待ち遠しいのぉ」

「はい！」

あの時の信繁と同じように、大助が力強くうなずいた。

東西に並んだ軍勢を背に、徳川家康みずからが馬を駆り物見紛《まが》いの検分を行ったのは、櫓の上で大助とともに語らい合った次の日のことであった。わずかばかりの手勢とともに、老齢の大御所が華麗な手綱さばきで城に籠る豊臣方を嘲笑うかのように駆け抜けてゆく様は、真田丸のなかからもはっきりと見えた。篠山の手前を行き過ぎ、そのままにらみ合う両軍の間合いの隙を縫うようにして駆けてゆく大御所は、銃弾の間合いを器用に見計らっていた。功を焦り、血気に逸《はや》って城から飛び出そうものなら、そのまま野戦になりかねない。

信繁は、兵が変事を報せて来るとすぐさま櫓の上に登った。

動くなよ……。

城の兵たちに届けとばかりに、心に念じながら、信繁は余裕の笑みを見せながら去ってゆく家康を見送った。

敵が動きを見せたのは、その翌々日のことである。

検分によって家康は、策を決めたのであろう。南方に布陣する諸大名に命が下ったのは間違いなかった。

一気に攻め寄せるような動きではない。

殺気が充満した敵勢のなか、唯一前進を始めたのは敵勢の最東端に陣を布く、前田勢であった。

最前列に竹柵を並べ、じりじりと篠山のほうへと兵を進めて来た。竹柵は矢玉を防ぐための防備である。

「一気に攻め寄せてくるような動きではありませんね」

櫓の上で息子が問う。隣に立つ信繁は、黙したままうなずいた。

敵は篠山の麓《ふもと》辺りまで進むと、一斉に足を止めた。まだ城には程遠い。真田丸から鉄砲を放っても、届く距離では無かった。

「止まりました」

敵の一挙手一投足が気になるのか、大助がつぶやいた。

「空堀じゃ」

「え」

父の言葉に声を吐いた大助が、隣を見た。左右に鹿の角を配した兜をかぶり戦支度を整えた信繁は、馬の鞭《むち》を手にしてその先を竹束の列にむける。

「こちらの攻めに備えつつ、空堀を築くのよ」

「籠城しておるのはこちらではありませぬか。攻め寄せてくるはずの敵が何故空堀など掘らねばならぬのです」

「家康よ」

「は」

「あの古狸め。腰を落ち着けて戦うつもりじゃ」

父の言いたいことがわからぬと言った様子で、大助が小首を傾げる。

「何重にも空堀を張りめぐらし、そこに兵を潜ませて、こちらの矢玉を防ぎながら、時をかけてじっくりと攻めるつもりなのじゃ。無駄玉を撃たせておれば、矢玉も兵糧も尽きてゆく。狸め……。力攻めなどせずとも勝てるということか。余裕じゃの」

空いた方の手で鞭の先をつかみ、折れるほどに曲げる。

「我等を警戒しておるのでしょうか」

「うむ」

見慣れぬ出丸にひるがえる六文銭を目の当たりにした家康は、迂闊に攻めてはならぬと感じたのであろう。そのため十万ほどが布陣する南方の諸大名のなかで最も兵力を有している前田勢を動かし、こちらの出方をうかがうつもりなのだ。

「そうはさせるか」

胸の奥に炎が灯る。

「付いて来るか大助」

「は」

「儂は行くぞ」

「どこに」

篠山を指さす。

「すでに兵は潜めておられるのでしょう」

「行きたいから行くのじゃ」

「父上は真田家の惣領にござりまするぞ」

大人ぶった言い振りで二の足を踏む息子を見据えて問う。

「行くのか行かぬのか。御主が来ずとも儂は行くぞ」

「い、行きますっ」

息子の答えにうなずきを返すと、信繁は我先にと櫓を降りた。


「放てぇっ! 思うままに放つのじゃっ! 敵は穴を掘っておる。撃ち放題じゃっ! ぬはははははは」

頂の崖からうねるようにして伸びる枝にまたがりながら、信繁は腹の底から叫ぶ。崖からせり出しているから、木の根が張る土よりもずっと下にしか地はない。ぽきりと枝が折れれば、真っ逆さまである。死ぬのは間違いない。が、そんな些末《さまつ》な恐れは、信繁の脳裏には微塵もなかった。

篠山の麓に広がる敵の群れに飛来する銃弾が、ばちんばちんと爆《は》ぜるようにして愚か者どもを屠ってゆくのを見ていると、一切の気鬱《きうつ》が消し飛んでゆく。

敵が空堀を掘り始めた頃、信繁は大助とともに密かに篠山に上った。

「ほれっ！　御主達もあの阿呆どもを罵ってやれっ！」

信繁が命じると、銃弾を放ち続ける兵どもが、一斉に敵を嘲笑《わら》いはじめた。

「腑抜けどもめっ！　かかって来ぬかっ！　ぬはははははは」

「ち、父上っ」

木の根元で大助が呼ぶ。

「なんじゃ」

またがったまま下を見ると、緊張で顔を強張らせた大助がこちらを見上げていた。

「そ、そんなに暴れられまするると、え、枝が折れまするぞ」

「御主も来るか」

「だ、大丈夫です」

無理に微笑む大助の目の前を、敵が放った銃弾が駆け抜けた。

「ひっ！」

鶏の首を締めたような甲高い声をひとつ吐き、大助が腰を抜かした。

「ぬははははは！　当たったか大助っ！」

息子が、がくがくと震えながら頭を横に振る。

「来て良かったのぉ大助っ！」

言うと再び、眼下の敵に目をやる。

空堀を掘っていた敵のなかに、わずかながら反撃の態勢を整えはじめている者たちがいた。元から用意していたのであろう火縄銃を構え、こちらの銃弾を掻い潜るようにして、頂めがけて撃ってくる。

「無駄じゃ無駄じゃっ！　加賀の腰抜け侍どもめっ！」

こちらは森のなかに潜みながら狙い撃ちにしている。下方にむかって撃っているこちらと、撃ち上げる形になる敵では、玉の勢いが違う。平地で姿を晒している敵と、木の背後に隠れているこちらでは、当たる玉の数も違った。

まだ腰ほどまでしか掘っていない空堀では、玉を防ぐことすらままならない。前田家の兵たちは、なんの策を講じることもできず、生きた的になるしかなかった。

「せっかくの竹柵も無駄じゃったのぉっ！」

信繁の言葉に、味方がどっと沸く。

頭上から狙い撃ちにされているから、竹柵になどなんの意味もない。

「撃て撃てっ！　阿呆どもを撃ち殺してしまえっ！」

火薬が爆ぜる爽快な音が、信繁の心を躍らせる。

戻って来た……。

なにも起こらない九度山での安穏とした暮らしから、殺意に満ちた矢玉が乱れ飛ぶ戦場の只中に。

それがなにより嬉しい。

「お……」

信繁が敵の異変に勘付いたのは、銃撃を始めてから半刻ほど経ったころであった。

撃たれっ放しのままでなるものかとばかりに、敵が竹柵を頭上に掲げて銃弾の雨を防ぎ始めた。

「無駄じゃ無駄じゃ。構わずに撃ちまくれっ」

竹柵を頭上に置けば、銃弾があちこちに跳ね返って収拾がつかなくなるのは目に見えていた。信繁の推測の通り、頭上に掲げた竹に弾かれた玉が、四方八方に乱れ飛びはじめる。

「ぬはははは！　阿呆じゃ阿呆っ！　戦を知らんのか」

竹柵を下ろしたかと思うと、敵が空堀を掘るのを止めて後方に退きはじめた。銃弾が届かぬところまで退いた敵が、篠山を遠巻きに囲んで沈黙する。

するすると枝から降りて、大助が待つ根元まで辿り着く。

「見よ」

息を荒らげながら、信繁は敵陣の背後を指さした。

「馬が走って行きまする」

息子の言葉通り、前田勢から騎馬武者が後方にむかって走り出している。背に紅い母衣《ほろ》を付けて、伝令であることをひけらかしながら、南方にある岡山《おかやま》と呼ばれる丘陵にむかって駆けてゆく。

「将軍の御下知を得ようということか」

口許に笑みを湛え、信繁がつぶやく。

岡山には将軍、秀忠が陣を布いている。前田勢から飛び出した伝令は、利常の言を伝えようとしているのだ。

苦戦している。

それ以外に言い様がないだろう。

「聞きに行く相手が違おうに」

父のつぶやきの意味が、大助には理解できていない。

秀忠に戦のことを聞いてなんになるというのか。勝ちたかったら家康に伺いを立てるべきである。

「退くぞ」

信繁の声に淀みはない。

「まだ態勢を立て直して向かってくるやも知れませぬ」

一度退いたのは再び空堀を掘りに来るためだと大助は断じたようである。たしかに十分な銃弾への備えを施して、ふたたび空堀の構築に取り掛かるという手もあるだろう。

「あの将軍が真田に負けて正気でいられるはずもなかろう」

「たしか父上が上田で戦《たたこ》うたのも」

「秀忠よ」

将軍としての秀忠がどんな政を行っているかなど、信繁にはまったく興味がない。ただ、戦において、信繁が知る秀忠という男は、決して才に恵まれてはいなかった。あからさまな挑発に乗り、無闇に日を過ごし、大戦に遅参する。その程度の男である。

「備えを十分にして、篠山を攻め落とせと命じるのは間違いない」

「それでは留まっておる訳にはいきませぬな」

「そうじゃそうじゃ。三十六計逃げるにしかずじゃ」

嬉々として言った信繁は、兵たちに撤退を命じ、篠山を放棄した。前田勢が篠山を攻めたのは、真夜中になってからであった。

もちろん信繁は眠ってなどいない。

敵勢が動いたことを櫓の上の物見から聞くと、すぐに梯子《はしご》を昇って、みずから篠山をうかがった。

無数の松明が列を成して篠山へと迫っていた。火は篠山ばかりでなく、真田丸にむかっても進んでくる。

敵は姿を晒すことすら構わずに、堂々と闇夜を照らしながら進んでくる。

「来ておりまする」

大助が背後で硬い声でつぶやいた。夜闇を静かにむかってくる明かりの群れに、緊張を隠しきれないようである。

「狭間に付かせておるな」

「すでにすべての狭間に支度は終えておりまする」

真田丸に巡らされた塀には一尺ごとに鉄砲狭間が切られている。そこに火縄銃を持った兵を三人ずつ付かせていた。一人が撃ったらすぐに後ろに下がり、支度を終えている者と替わる。そうして順々に鉄砲を撃つことで、間断なく銃撃が行われる仕組みであった。

「牽制……。ではないのでしょうか」

たしかに息子の言う通り、篠山へのこちらからの後詰を恐れての牽制として、兵を並べていることも考えられる。

「備えておくに越したことはあるまい」

「はい」

真夜中である。すでに南方にある他の城門にも伝令を送っていた。真田丸の東に平野《ひらの》口、西に八丁目口、八丁目口の先に谷町《たにまち》口、西の端に松屋町《まつやまち》口と続く。夜であろうと関係ない。十万の兵が一気に押し寄せてくることにでもなれば、すぐに決戦へと雪崩れ込むことになる。敵が動きを見せたら、相互に伝令を走らせる手筈はかねてから整えていた。

しかし、今のところは前田勢だけにしか動きが見えない。

「昼間の将軍への伝令が影響しておるのであろう」

「父上の申された通り、篠山を落とすように命が下ったと」

「恐らくな。が……」

思わせぶりに続けた信繁に、大助が隣に並んで櫓からわずかに身を乗り出すようにして、父の顔をうかがう。

「あの明かりが気になる」

依然としてこちらにゆっくりと進んでくる松明の群れを指さす。

すでに篠山は明かりに覆われていた。今頃敵はもぬけの殻となった丘の上で怒りを露わにしていることだろう。

「火蓋《ひぶた》を切っておけと伝えろ」

父の言葉を受け、大助が梯子の方まで戻ってから半身を外に出して櫓の下に控える家臣たちにむかって怒鳴る。

「皆、火蓋を切っておけっ！」

銃身に籠められた玉から火皿へと続く火薬は、普段火蓋によって火縄と隔絶している。火蓋を空けると火薬が露わになり、引き金を引いて火縄が降りて火皿のなかの火薬に点火することで、銃身の薬が爆ぜて玉が前方に飛ぶのが火縄銃の仕組みである。火蓋を切るように命じるということは、銃撃の支度をせよという合図であった。

隣に戻って来た大助の顔から、いっさいの緩みが消え去っていた。頰を引き攣らせながら、無理にでも笑おうと唇を吊り上げているのだが、痛々しいくらいに気負っている。

「どれだけの者が塀を登ってここまで攻めて来られるかのぉ」

真田丸の周囲には背の高さの倍ほども深さのある堀がめぐらされ、鉄砲狭間を備えた塀の前にも三重の柵が張りめぐらされている。鉄砲を持った兵たちがいるのは狭間だけではない。塀の各所に築かれた井楼《せいろう》に渡された幅七尺あまりの武者走りの上からも、敵を狙っている。これだけの備えを潜り抜けて、塀を登って来られる者など、信繁には考えつかない。

「父上……」

いつの間にか隣に戻って来ている大助が、声を震わせながら言った。腰の高さ辺りまでの壁の縁をつかむ手が、微かに揺れている。

信繁は迫り来る松明の群れを見据えながら、息子の言葉を待つ。

「これが戦にござりまするか」

己の言葉を嚙み締めるようにしてつぶやいた大助の背を、信繁は一度だけ優しく叩いた。

「そうじゃ」

「美しゅうござりまするな」

迫って来る明かりの群れを見つめる大助に、思わず目をむける。

笑っていた。

己へと迫って来る無数の殺意を前にして、息子は初陣にもかかわらず緩やかな笑みを湛えながら目を輝かせている。

「可哀そうに」

「ん」

息子の言葉の真意が読み取れず、信繁は思わず続きをうながしてしまった。悟った息子が揺るぎない声で、速やかに答える。

「これから我等の手によって散々に討ち払われるのかと思うと、哀れだと思うてしまいました」

「油断しておると足元を掬《すく》われるぞ」

「油断などしておりませぬ。事実を述べたまでにござります」

勝ちを信じて疑わない息子の淀みない言葉に、信繁はかすかな面《おも》はゆさを感じてしまう。息子が勝ちを信じて疑わないのは、父が積み重ねた策を心の底から信じ切っているからなのだ。父に対する揺るぎない信頼が、味方の勝ちを疑わぬ想いの源になっている。

「来まする」

前方を見据えて息子がつぶやく。その言葉の通り、遥か先に見える松明の群れが、篠山を完全に通り越して真田丸へと向かって来ていた。

「我等から動くことはない。じっくり待てば良いのだ」

己に言い聞かせるようにしてつぶやいた信繁の縁をつかむ手にも力が籠る。

体の芯がじんと熱い。

久方振りの感覚であった。

十四年前のことだ。

父とともに徳川の大軍を迎えた時と同じ、これから戦が始まるという心地良い緊張であった。どれだけ策を練ったとて、万全であるなどということはありえない。明日という日を迎えることができぬのではないかという不安は、誰にでもある。

「父上が申されておった」

迫り来る松明の明かりに目をむけたまま信繁は語る。

息子は答えない。

敵を見つめながら続きを待っている。

「上田城にて敵の到来を知り、儂が戸石城へと向かう際に、恐ろしゅうはないのかと問うた」

「御爺様はなんと」

「怖いわい。と、ひと言だけ申され、口をへの字にひん曲げられた」

「御爺様らしい」

言って大助が小さく笑う。

九度山での流人《るにん》生活のなか、大助は祖父に可愛がられて育った。戯《ざ》れ事だとはわかっていながら、夕餉《ゆうげ》の後の囲炉裏端《いろりばた》で軍略のいろはを真剣に孫に語っている父の姿を見ていると、この男はこれほどの冷遇の最中にあっても、天下に号令を下すことを諦めていないのだと思ったものである。

〝儂はこんなところで終わらぬ。終わらぬぞ大助……〟

遠い目をしてそうつぶやく父の老いた横顔を、信繁はなかば哀れに思いながら見ていたものだ。

よもや己が再び戦場に立つなどとは、あの時は思ってもみなかった。

関ケ原によって天下は定まり、もはや豊臣に徳川に抗するだけの力はない。そう信繁は見定めていた。

いまでもその想いは揺るがない。

もはや豊臣では徳川の足元にも及ばない。現に、豊臣恩顧の大名のなかで、領国を捨てて大坂城に入った者など皆無なのである。

聡《さと》い者ならば、徳川に刃向いなどしない。

信繁が豊臣家の棟梁であったなら、どれだけでも徳川に遜《へりくだ》り、なんとか家の存続を図る。鐘の銘文にけちを付けられたならば、平謝りに謝って、徳川の要望をすべて受け入れる。たとえ腰抜け呼ばわりされようと、豊臣家の行く末を第一に思うならば、徳川に刃向って戦をするなど決して考えてはならぬのだ。

豊臣家の者たちは愚かだ。

信繁にはそうとしか思えない。

豊臣家は徳川家の主筋である。その程度の気位のために、御家そのものを危機に晒すなど、信繁に言わせれば愚行以外の何物でもない。

それでも信繁は、豊臣家の求めに応じ、九度山を逃れて大坂城に入った。

武士として生まれたからには、流刑の地で潰えるよりも、戦場で華々しく散りたいなどという哀れな矜持《きょうじ》を全うするためではなかった。

勝つ……。

それしか考えていない。

たとえ勝ち目のない戦であろうと、豊臣家の者たちが愚かであろうと、真田信繁が起《た》ったからには、勝ってみせる。

そのたったひとつの覚悟とともに、信繁は愚物《ぐぶつ》が蟠踞する城に入った。

「来ました!」

大助が隣で叫ぶ。

息子の声に教えられずとも、敵が一斉に上げた喊声によって戦が始まったことはわかっていた。

信繁が命を下せば一斉に銃弾が放たれることになっている。

「待て」

隣に立つ息子ではなく、迫って来る喊声の波に銃口を向けている味方にむけてつぶやいた。もちろん聞こえてなどいない。それでも心に念じていれば、気が全軍に伝わると信じていた。信繁が言葉で命を下すよりも先に、行けと念じれば味方には伝わる。それが、将が将である所以だと、父に教えられた。父もまた、その父に教わり、祖父は甲斐の虎と呼ばれた戦の神の間近でそれを悟ったのだという。

赤備え。

それは、戦の神、武田信玄の頃より武田家に伝わる装束であった。

武田家の滅亡の折、多くの家臣を召し抱えた井伊家が赤備えを踏襲しているが、あんなものは亜流でしかない。真田が、己こそが武田の赤備えの正式な継承者であると、信繁は自負している。

松明の群れから突出した敵が、空堀へと滑り落ちてゆく。夜の闇に溶け込んだ漆黒の影が、空堀の底に張りめぐらされた乱杭《らんぐい》を掻い潜って、真田丸側の斜面へと取り付こうとしている。

「父上」

「まだまだ」

眼下にまで迫った敵影を前に、大助が焦るような声を上げた。

息子の動揺の声を聞き流し、信繁は敵を注視し続ける。味方の兵たちは、静かに命を待っていた。斜面を登りはじめている敵を前にしても、誰一人焦って引き金を引く者はいない。

敵の気配が塀の際まで迫った。

信繁は丹田に気を込める。

ここから……。

己の戦がはじまる。

「放てぇいっ!」

腹の底から吐いた声が、敵の喊声を突き破って真田丸に轟いた。

大助が命じるより先に、信繁の声を聞いた櫓の下の兵たちが発砲する。それを合図にして、真田丸に備えられた銃という銃から火花が散った。

出丸の外の喊声が悲鳴に変わる。

一度始まった銃撃は、信繁の命があるまで終わらない。止めどなく放たれる銃弾によって、空堀のなかの敵が次々と骸になってゆく。

闇夜である。

どれほどの兵が殺されているのかわからない。が、怒号と悲鳴に覆い尽くされた空堀の様子からも、かなりの敵が死んでいっているのは間違いない。

「降りるぞ」

言い残して敵に背を向けると、息子を置いて梯子に手をかける。滑るようにして梯子を降りると、塀に張り巡らされた武者走りに立った。焦りながら父を追ってきた息子の気配を背後に感じながら、信繁は武者走りを駆ける。

「良いかっ！　一発一発、しっかりと敵を狙えっ！　闇雲に撃っても当たるからといって無駄玉を撃つことは許さぬっ！　仕留めるという気迫が、敵の命を絶つことを忘れるでないぞっ！」

「応っ！」

銃声に負けぬという気迫とともに叫んだ信繁に、男たちがこれまた気合の籠った声で応える。

「父上っ！」

「なんじゃっ」

背後から呼び止める大助の声を煩わしく想いながらも、立ち止って振り返った。

息子は目を輝かせながら塀から身を乗り出し、父の苛立ちなど知りもせずに嬉々として語る。

「塀まで迫って来る者はおりませぬっ！」

「うむ」

息子の指が塀の外をさしている。信繁は苛立ちを心の奥に仕舞うと、大助の隣に並んで、空堀へと目をむけた。鎧に玉が当たって散る火花の群れを見下ろしながら、いささか心が逸り過ぎたと、みずからを戒める。

信繁にとっても十四年ぶりの戦場なのだ。最後の戦の折には父がいた。軍略は父任せであった。勝敗の責任も、兵の生き死にも、すべて父に任せて戦ったのである。

今度の戦は違う。

真田の当主は信繁なのだ。

表裏比興の父の軍略を受け継いだ真田家の棟梁として、信繁は真田丸の一切を取り仕切っているのだ。

これほど重い荷を背負って戦うのは、信繁にとってもはじめての経験なのである。

戦端が開かれて血気に逸るのも無理はなかった。

だが逸ってばかりもいられない。

「済まぬ大助、少し落ち着いたわ」

「は」

なぜ謝られたのかわからぬ息子が、首を傾げながら父を見遣る。

「ほれ見てみよ」

とまどう大助に声をかけ、みずから塀から身を乗り出すようにして空堀の方を指差す。

「敵が静かになりおった」

勢いに乗じて攻め寄せていた敵が、出丸からの容赦ない銃撃を受けて、静かに退いた。

空堀のむこうに並ぶ松明の群れは、依然として真田丸を囲み続けている。闇雲に攻め寄せてただただ殺されるのを止めて、いったん頭を冷やしてから、攻め手を考える。そんな気配であった。

「撃つのを止めよっ！」

信繁の声で、味方の兵が引き金から指を放す。

静寂……。

空堀を挟んで両軍が睨み合う。

敵の攻勢は一刻あまりも続いたであろうか。その間に塀を越えて真田丸の中へ入り込んだ者は一人もいなかった。

真田丸を守る兵は五千あまり。その多くが鉄砲を操っている。

すでに敵は篠山から突出した者だけではなくなっていた。篠山を登っていた者たちも、いまや真田丸の堀端へと合流している。

おびただしい数の殺意に満ちた視線が、信繁たちに集中していた。

「ふふふ」

笑い声とともに信繁は塀の瓦屋根に飛び乗った。真田丸を照らす篝火《かがりび》の炎が、屋根に立った総大将の姿を赤々と照らす。

「ち、父上」

突然の信繁の行動に、大助が呆けた声で言った。息子のうろたえる姿を見ることなく、信繁は空堀のむこうの敵にむかって堂々と胸を張る。

鼻から腹の底まで深く息を吸う。

腹に力を込め、空堀のむこうの敵へと呼びかける。

「おぉいっ！　そこに見えるは加賀前田家の旗印ではないかっ！　前田家といえば太閤殿下に引き上げられた犬千代《いぬちよ》殿を祖に持つ家柄であろうっ！　さすが犬だけあって、旨《うま》い餌をもらえる主人に尻尾《しっぽ》を振るのが得意ではないかっ！　徳川の機嫌を損ねぬよう必死になって尻尾を振っておるわっ！」

信繁の言葉を聞いて、真田丸の兵たちがどっと笑った。

笑いの大波に乗って、信繁は続ける。

「尻尾を振るのは上手なくせに、城を攻めるのは下手なようじゃのおっ！　どうなされたっ！　もう御疲れになられたかっ！　撃たれるのが怖くなられたかっ！　だったらさっさと尻尾を巻いて加賀に御戻りになられたらどうじゃっ！」

またも兵たちがどっと笑う。

「さぁ、皆も言うてやれっ！」

信繁が命じると、兵たちがいっせいに口を開く。

「腰抜けどもめ、悔しかったらかかって来いっ！」

「撃たれるのが怖いか、弱虫どもっ！」

「死にたくないなら槍など持つなっ！　阿呆めがっ！」

「母ちゃんが恋しくなったろっ！　悪いことは言わんからさっさと逃げてしまえっ！」

仲間の吐いた言葉に掻き立てられるようにして、昂ぶりがどんどんと加速してゆく。挑発の言葉に嘲笑が混じり、真田丸じゅうが前田家を嘲笑う声で満ちた。五千人による嘲笑である。真田丸で睨み合う両軍の兵だけではなく、豊臣徳川、敵味方の別なくこの地に集うすべての者の耳に届いた。

敵が動く。

命を受けての動きではないことは明らかだった。出丸からの挑発に怒った者が、一人、また一人と空堀へと飛び込んでゆき、前田勢が総出で襲い掛かって来る。

「阿呆が攻めてきおったぞ！　良いか、じっくりと引き付けてから撃つのじゃ！」

「応ぉぉ！」

言いながらもまだ、兵たちは挑発を続けている。空堀の底を駆ける前田勢に、聞くに堪えぬような怒号が浴びせられる。敵は完全に己を見失っていた。

「大助っ」

「はい」

隣で身を乗り出す息子が快活な声を吐く。

「楽しいか」

「楽しゅうござります」

「それで良い」

大助がうなずく。

信繁も笑みとともに顎を上下させて応えてやる。

死を恐れているだけでは、体が硬くなって視界も狭くなってしまう。普段ならば見えた物が見えぬような心構えでは、無駄な怪我《けが》を招き、下手をすれば命を落としてしまうことになりかねない。懸命に戦えば生き残れるというほど、戦場は甘くないのだ。

「笑え大助」

「はいっ」

骸だらけの空堀の乱杭を縫うようにして進んで来る敵が、真田丸側の縁に辿り着こうとしている。

「今じゃっ！　撃ちまくれっ！」

信繁の声と前後する頃合いで、出丸の方々から銃声が聞こえ始めた。兵たちの見極めの鋭さに満足しながら、信繁は深く息を吸う。

些《いささ》か……。

昂ぶり過ぎか。

陽気な己を律するように、心のなかでつぶやく。息子には笑えと言いはしたが、将である信繁はあくまで醒めた目で戦場を捉えていなければならない。

前田勢の勢いが弱まって来た。背後に総大将の旗印が迫っている。

「どうやら利常殿みずから命を下されたようだな」

父のつぶやきに、息子が問いを重ねる。

「兵を退く気にござりましょうか」

「このまま敗けたまま退くことはあるまい。恐らく態勢を立て直せとでも言うたのであろう」

「また堀の向こうで呆ける敵を嘲笑ってやりましょうか」

「いや」

信繁の目が右方にむく。

「そのような余裕はあるまいて」

大助も父の視線を追う。

松明に浮かぶ敵の鎧が……。

紅い。

「井伊家の赤備えよ」

徳川四天王と呼ばれた直政《なおまさ》の子、直孝が率いる軍勢が、前田の後詰のようにして右方から攻めかかって来る。その奥、八丁目口へは、松平忠直の軍勢が一直線に攻めかかっていた。

「敵も本気のようじゃな」

前田勢の突出により、なし崩しのようにして戦場は総攻撃の様相を呈し始めていた。

まだ、夜明けまでは一刻あまりはあろうか。東の空はまだ暗く、陽光の気配すらなかった。

と……。

いきなり城のなかで轟音が轟いた。

「な、なんだ！」

大助がうろたえる。

音の聞こえた八丁目口のほうで、櫓が燃えていた。

内応という語が、信繁の頭に過った。数日前、南条元忠《なんじょうもとただ》が密かに徳川方に通じていたことが露見して、腹を切らされている。総攻撃を合図に櫓を焼いて敵を引き入れるという策も考えられる。

「石川康勝《いしかわやすかつ》殿、誤って火の不始末にて火薬を爆発させた模様っ！　我が方に損害無しっ！　裏切りにあらずっ！」

八丁目口より駆けつけた伝令が叫びながら、信繁の元まで辿り着く。

「承知っ！」

声をかけると、すぐに伝令は去ってゆく。

「誤爆だそうだ」

「ですが」

気安く言った父の声を受けても、大助の顔は引き締まったままであった。その真剣な眼差しは敵陣へと向けられている。

「敵の勢いが増したようにござります」

たしかに大助が言う通り、利常の到来とともに攻めの勢いを失っていた前田勢までもが、ふたたび空堀に殺到して真田丸に攻め寄せようとしている。井伊に右方から、前田勢に正面から、二方面から攻め寄せて来る敵を前に、信繁は腹に気を込める。

「良いかっ！　敵が増えようと、やるべきことはなにも変わらぬ。眼下に迫った敵だけを狙い、撃って撃って撃ちまくる。それだけじゃっ！」

夜通し続く攻防にも、疲れひとつ見せず、兵たちが雄叫びを上げて主に応える。

八丁目口でも戦が始まっていた。押し寄せる敵は松平忠直である。

敵は、城壁に取り付くことができずにいた。塀の上や櫓から撃ち込まれる銃弾の雨を浴び、足を前に進めることすらままならないようである。

「八丁目口は誰が守っておったかの」

「あの木村殿にござりまする」

目を輝かせ大助が言った。跳ねるような口調には、羨望の色が滲んでいる。

息子が〝あの〟とまで言った木村殿とは、木村重成のことだ。先の今福での戦いにて、〝あの〟後藤又兵衛とともに佐竹勢をさんざんに追い立てて、敵将渋江政光を討ち取った若武者である。城内の若い侍たちは、みな重成に羨望の念を抱いていた。

息子もその一人かと思うと、微かな落胆が信繁を襲う。憧れなど抱くくらいなら、怒れと思う。羨望よりも嫉妬こそが、己を高める糧《かて》となる。信繁はそう思っている。穏やかな憧れで手を握るくらいなら、嫉妬の情に翻弄されて殺してしまえばよい。重成がいなければ、己が武功を立てられるのに。そう思い、夜も眠れぬようでなければ、武士として大成しない。

いや。

そこまで考えて信繁は思い止まる。

もはやそんな時代ではないのかもしれぬ……。

武功で身を立てるような時代はとっくの昔に終わってしまっているのだ。功を競って他者に抽《ぬき》んでる。そんな場所に放り込まれたことのない者に、羨望より嫉妬せよなどと言っても通じるものではない。

「そうか木村重成か」

息子を律するのを諦めて、同調の声を吐く。それを聞いて大助が嬉々としてうなずいた。

「はい」

「どうりで守りが堅いはずよ」

「さすが木村殿にござる。松平勢が塀に触れることすら出来ずにおります」

「我等もうかうかしておれぬな」

「大丈夫です」

言って大助が空堀を指差す。

「我が方の銃撃は鋭さを増しております。木村殿は塀に触れさせませぬが、真田の兵は空堀を登り切ることすら許しませぬ」

鳴りやまない銃声のなか、空堀が敵の骸で埋め尽くされてゆく。どれだけ味方を殺されようと、敵は攻めかかるのを止めない。

「どうやら、こちらの策が功を奏したようじゃな」

「策でござりまするか」

「内通しておった南条元忠が腹を切ったことを、敵に伏せておった。石川殿の誤爆を内応の合図だと勘違いしたのであろう。それ故に、敵は先刻より厳しゅう攻めて来ておるのだ」

そう考えれば、櫓が炎上したのも結果としてはこちらの利になったといえる。

石川康勝の誤爆にも、木村重成は動揺せずに、冷静に眼前の敵に銃撃を浴びせ続けていた。たしかに、大助が憧れるほどの良将かもしれない。

ともに戦った又兵衛に無性に問うてみたくなった。

「戦が終わってからじゃ」

父のつぶやきに息子が小首を傾げる。

「なんでもない」

吐き棄て、塀の外を見遣る。

苛烈に攻めていた兵たちが、ふたたび空堀の縁で二の足を踏み始めた。前田勢だけでなく、井伊勢までもが攻め疲れを見せている。

「大助」

「はい」

「武功を立てようとは思わぬか」

「立てとうござります！」

父の問いに即答し、胸を突き出しながら迫って来る。

やはり大助も武士の子だ。武功という言葉を聞けば目を輝かせて歩を前に進める。

そうでなければ武士ではない……。

信繁は口許が上がるのを止められなかった。

「あれを見よ」

前田勢と井伊勢に挟まれるような形で、大和国内に一万石を領する松倉重政《まつくらしげまさ》、肥前《ひぜん》唐津《からつ》十二万石の寺沢広高《てらさわひろたか》が、それぞれ数百ほどの手勢とともに攻城戦に加わっていた。

「尻込みしておる前田、井伊両軍に気を呑まれ、攻め手を失っておるあれらを、出丸から出て攻め立ててみぬか」

「やりまするっ！」

嬉しそうに息子がうなずく。

「敵は合わせても七百ほど。五百もあれば足りるであろう。行けるか」

「無論」

「よし」

胸を張って強気を示す息子の胴丸に包まれた腹を、拳で打つ。

「うっ！」

「ぷふ」

唸った息子の歪んだ顔を見て、思わず笑ってしまう。

「気を引き締めよ。今までの戦は出丸に籠って敵を狙い撃ちにしておるだけ。誰にでも出来る戦いじゃ。が、今度はそうは行かぬぞ。出丸を打って出て、馬上で槍を振るいながら敵を崩すのじゃ。これが、御主にとって本当の初陣であると心得よ」

「承知仕りました」

「伊木《いき》遠雄《とおかつ》殿もともに行ってもらう」

輝いていた大助の瞳が、かすかな翳りを帯びた。伊木遠雄は豊臣家の譜代の家臣であったが、関ヶ原の後に浪々に身となった男である。今回の招集を機にふたたび大坂城に入り、豊臣家に近しい縁で信繁の軍監を命じられている。

「某一人でも……」

「伊木殿は歴戦の勇士じゃ。太閤殿下の元で、賤ヶ岳の戦の折にも武功を立てられておられる。伊木殿に戦のいろはを教えてもらって来い」

「しかし」

「良いな」

これ以上の抗弁は許さぬという決然とした声音で告げると、大助は不承不承うなずいて、五百の騎兵の召集を命じる父の背後に陣取った。

「いやはや、この攻防で外に出て槍を振るうことができるとは思いませなんだ。かかかか」

屈託のない笑い声を上げながら現れたのは、軍監の伊木遠雄であった。堅く肥えた腹を分厚い鎧で守る五十がらみの牢人は、武骨なほどにえらの張った顎を突き出しながら、真田丸を遠巻きにする敵に目をむけた。

「大身の軍勢の顔色をうかがって狼狽《うろた》えておるような者共など、完膚なきまでに叩き伏せてやりましょう。のう大助殿」

出撃を前にして顔を強張らせる大助の尻を、分厚い遠雄の手が草摺《くさずり》の上から叩いた。ぱんっ、という乾いた音が真田丸に鳴り響く。

「痛っ」

思わず言った息子の声を聞いた遠雄が、天を仰いで笑う。

ひとしきり笑ってから、武骨な牢人はふたたび信繁を見た。

「素直な御子じゃな真田殿」

「それだけが取り柄でありまする」

「なんのなんの。良き目をしておられる」

言いながらもう一度尻を叩こうとした遠雄の動きを機敏に悟った大助が、すっと体をかわす。その身軽な動きに、また遠雄が大声で笑う。

「背中を預ける大将として、申し分無き御方にござる。必ずや松倉、寺沢両勢を突き崩してまいりましょう」

「頼みましたぞ」

軍監に辞儀をして、目を息子にやる。

「行って参ります」

「死を恐れるなよ。恐れれば死ぬ。そう心得ておけ」

「はい」

「必ずや御子息とともに戻って参りまする」

信繁は遠雄の言葉には答えずに、背を向けて歩き出した息子を静かに見守った。

東の空が白々と明けようとしている。

大助が去ってから四半刻もせぬうちに、真田丸の西方側の門が開かれた。

真田丸から空堀を越えて外へ出るためには、東西にひとつずつ設けられた城門を抜けなければならない。

開かれた城門から分厚い板が空堀の縁にかけられた。その上を、大助と遠雄を先頭にした騎馬兵たちが駆け抜けて行く。

「おぉぉぉぉっ！」

突然沸き起こった喊声に、松倉、寺沢両家の兵たちが動揺している。空堀を越えるために揃えられたのは、徒歩《かち》の兵であった。みずからの足で立つ兵たちの横っ腹に、真田の騎馬武者たちが突っ込んだのだから堪らない。陣容はたちまち崩れ、松倉、寺沢両軍は相争うようにして撤退をはじめた。

なにやら叫びながら、大助が右腕を突き上げ、先頭を駆ける。そんな初々しい姿を、遠雄が微笑みを浮かべながら見守っていた。

崩れた敵が、必死に西方めがけて駆けてゆく。

逃げ場が悪かった。

八丁目口を攻めあぐねていた松平忠直の軍勢の横っ腹へ、大助たちに追い立てられた松倉等の兵が突っ込んだ。

「良し」

混乱が広がる松平勢を見遣りながら、信繁は思わず声をあげる。

敵の混乱を見逃すような味方ではなかった。

松平勢の動揺を機敏に悟った八丁目口を守る兵たちが、それまで以上の銃撃を浴びせ始める。ばたばたと撃ち殺されてゆく兵を前にして、松平勢がゆるゆると後退してゆく。すでに松倉、寺沢両家の軍勢は陣容を保つことすら出来ていない。真田丸を遠巻きにする前田、井伊両勢も、松倉たちを助けるだけの余裕がなく、大助たちの猛攻を静観するしかなかった。

一刻あまりもの間、散々敵を槍で追い立てた大助たちは、遠雄を殿《しんがり》として真田丸へと戻ってきた。これ以上の損害を避けたいのか、敵の追撃はなかった。

信繁は武者走りを降り、大助たちのために開かれた門まで駆けつける。

「父上」

白馬の上で大助が笑っている。小脇に抱えた槍は、血と泥に塗れていた。

笑みも見せず、信繁は淡々と息子をむかえる。

槍を従者に渡し、鞍から降りた大助が、地に足を付けると同時によろめいた。とっさに間合いを詰めて、信繁は息子の腕をつかんで倒れようとしているのを防いだ。

「申し訳ありませぬ」

「疲れたか」

「少し」

照れ臭そうに息子が笑う。

「良うやった」

「伊木殿のおかげにござる。伊木殿は常に某の側にて、どこに馬をむけるべきかを差配してくださりました。某は伊木殿の申されるままに駆けただけ」

「見ておった」

「某はしっかり戦えておりましたか」

息子の腕を抱えたまま、しっかりとうなずいてやる。安心したように頬を緩め、大助が父の手を解いて、みずからで立った。

門を出る前より少しだけ逞しくなったような気のする息子の肩に手を添えて、信繁は言葉をかける。

「戦は始まったばかりじゃ。これより先、敵の攻めはもっと厳しくなるだろう。御主にも辛い命を下さねばならぬやもしれぬ」

「某もまた、父上の兵の一人にござりまする。子であるなどという遠慮は無用。死ねと命じられれば、この大助。喜んで命を差し上げまする」

父への絶対の信頼が、精気漲《みなぎ》る瞳に輝いている。

返り血を受けて鮮やかさを増した紅の鎧を身に纏う息子の背を、陽光が照らす。

「頼んだぞ」

涙を堪えた所為で声が震えたことを、息子に悟られてはいないかと信繁は少しだけ心配になった。

「はい！」

そんな父の動揺など露知らず、大助は揺るぎない声とともに力強くうなずく。
真田丸でのはじめての戦は、これ以上ないほどの戦果で幕を下ろした。

漆　徳川家康

「まったく……。どいつもこいつも……」

つぶやく声が怒りに震えていることを、徳川家康は隠しもしない。傍に侍る近習たちも、主の激しい怒りを悟り、声をかける者すらいなかった。

阿呆の所業としか言いようがない。

手ぐすね引いて待ち受けている敵にむかって、ただ闇雲に突っかかるだけならば、童《わらべ》にもできる。日ノ本全土より集めた、選りすぐりの兵たちではなかったのか。二十万もの兵を集め、城を攻めさせた挙句、敵の子供じみた挑発にまんまと引っ掛かり、半日あまりの戦で多くの損失を出してしまった。

「筑前守《ちくぜんのかみ》めが」

床几に腰を落ち着けながら吐き棄てるとともに、親指を口に持ってゆく。

指先に生えているはずの爪が、韘《ゆがけ》に守られている。これでは嚙み切ることができない。

「ちっ」

舌打ちとともに、湿った髁から口を離し、深い溜息を吐いた。

常からの癖なのであるが、腹立たしい時は頻繁にやってしまう。爪を噛んだからといって怒りが収まる訳ではないのだが、気付いたらついつい、噛んでいるのだ。日頃から爪を噛むから、家康の爪は伸びる暇がない。縁が歯型ででこぼこしている上に、肉に張り付いたところまでしか伸びていないから、たまに血が出ることもある。

それでも噛む。

腹が立つから。

なのに、髁に覆われていて噛み切ることすらできず、余計に腹が立った。

前田筑前守利常の突出の所為で、井伊、松平、松倉、寺沢等までが、城にむかって攻めかかってしまった。

「大体、何故筑前守はあの丘に攻め寄せたのじゃ」

白い髭を震わせながら、家康は丸い顎を眼下に見える丘にむかって突き出す。

「篠山なる名の山であるとか」

かたわらに控える本多正純が静かに答えた。

「名など聞いておらん」

「は」

正純が問いの答えにもならぬようなことを、意味もないのに口にするわけがない。

「なにが言いたい」

不満を露わにした視線を正純に送る。

「いえ」

口籠り、目を伏せた若き腹心の態度が、思わせ振りで腹が立つ。

「なんじゃ、はっきりと言わんか」

目を伏せたまま小さくうなずいた正純が、床几の上で上体を前に傾けたまま静かに語る。

「どうやら将軍が御命じになられたとのこと」

「秀忠が」

「は」

上体を傾けたまま、正純がうなずく。

家康は、城の東端にわざとらしく突出するように築かれた出丸を攻めたいと申し出て来た利常に、無闇に攻めることを禁じた。ゆっくりと軍勢を進め、兵を隠すことができる空堀を築きながら敵襲に備えよと厳命したのである。

待ち伏せているのは、目に見えていた。

城の南方に開けた平地に、こちらの軍勢が揃うことなど敵は百も承知である。そのうえで、家康が最後に見た時までありもしなかった出丸が、東の端に築かれていたのだ。敵がそこを守りの拠点にするつもりなのは、誰にでもわかることではないかと、家康は思っているし、伊達政宗や藤堂高虎などの戦国を知る老人たちならば、語る必要すらないことであった。

しかも……。

新たに築かれた出丸には、深紅の旗に六つの銭が染め抜かれた旗印が無数にひるがえっていた。

真田の六文銭。

表裏比興と謳《うた》われた真田昌幸の次子、信繁が守っている出丸なのだ。

あの小憎たらしい山猿の息子が守る出丸……。

策が施されていない訳がない。

「あの阿呆はなにを考えておるのじゃ」

我が息子の呆けた顔を脳裡に思い浮かべながら、家康は憎々しげに吐き棄てた。

「あれは十四年前のことを忘れてしまったのか」

関ヶ原での戦の折、秀忠は信州上田で信繁と争っている。その父、昌幸の巧妙な戦略に翻弄されて足止めを喰らい、大戦への遅参という失態を演じたことを、あの愚息は今なお後悔しているのではなかったのか。

「将軍が攻めよと御命じになられたのは、あくまで篠山にござりまする」

息子の肩を持つように、正純が言った。秀忠の側には正純の父である正信が従っている。正純は秀忠ではなく、己が父のことを庇《かば》ったのかもしれない。が、そんなことはどうでも良かった。

口をへの字に曲げながら、家康は孝行息子をにらむ。

「真田丸を攻めたのは前田殿でござりまする」

「なんじゃ、その名は」

真田などという名を口にするのも汚らわしい。家康は不機嫌を露わにして、正純を問い詰める。

「あの出丸の名でありまする。城方がそう呼んでおるとのこと」

「知らんわ」

名前まで腹立たしい。

まるで徳川を倒すのは真田であると高らかに宣言しているかのごとき名ではないか。

たしかに徳川家の兵はこれまでに二度、真田に苦汁を舐めさせられている。

一度は、秀忠の遅参の一件である。

そしてもうひとつは、家康自身が昌幸に舐めさせられた苦汁であった。

秀忠の一件より十五年前、北条と同盟関係にあった家康は真田と北条家との領地争いに介入し、上田城を攻めた。

そして敗れた。

兵力の差は秀忠の時ほどではなかった。家康自身が直接差配していたわけでもなかった。が、それらはすべて言い訳にすぎない。とにかく徳川家は小国の主でしかない真田家に二度もしてやられたのだ。

その真田家の旗がひるがえっているという意味は、この地に集う敵味方合わせて三十万にも上る兵たちすべてが承知しているはずである。

「真田の兵が篠山に潜んでおったとのこと。大御所様の命に従い、空堀を築きながら進んでおった前田勢を、丘の上から撃ってきたそうにございまする」

「それで筑前守は秀忠にうかがいを立てたということか」

筋としては間違っていない。

大名たちの上にあるのは、将軍である秀忠である。隠居の身である家康には、実質的な大権はないのだ。

前田勢の背後には秀忠の本陣がある。速やかに伝令を飛ばすならば、家康のいる茶臼山よりも、秀忠の陣所である岡山のほうが適当ではあろうと家康も思う。

しかし。

戦の趨勢《すうせい》を左右する判断を誰に仰ぐかという点においては間違っている。

「篠山の真田勢は散々に前田殿の兵を嘲笑《あざわろ》うておったとのこと。前田殿もかなり御立腹であったとか」

秀忠の陣中にある父からの報せなのであろう。家康が知らぬことも、正純はかなりのところまで心得ていた。

「腹を立てておったからなんじゃ」

歯切れの悪い腹心の物言いをたしなめるように、声を荒らげてみせるが、そんなことで動じる正純ではない。傾けていた上体を戻し、背筋を伸ばして家康へと顔をむける。端正とは言い難いが、決して醜くはない顔立ちであった。醒めた目元が、父にそつくりである。

「篠山を攻めさせてくだされと申されたのは、前田殿の方であったとか」

「だから秀忠は悪くないとでも」

「そういう訳ではござりませぬ。拙者はただありのままを御伝えしておるだけにござりまする」

「鼻息を荒らげて篠山を攻めさせてくれと言うて来おった筑前守に、秀忠も勢い付いたのじゃろう」

相手はあの真田である。しかもみずからが上田城を攻めた時に、信繁はその戦場にいたのだ。みずからの失態とともに名を上げた真田の小倅《こせがれ》に、秀忠が嫉妬と怨嗟を抱くのは無理もない。

だがそれと戦とは別物である。どれほど憎らしい相手であろうとも、怒りで我を忘れてしまってはならない。

「まんまと敵の術中にはまりおって」

遥か前方に見える大坂城を睨みながらつぶやく。

昼を過ぎてもなお、銃声が聞こえ続けている。大坂の街を飲み込んだ総構えの居城である、ちょっとやそっとで矢玉が尽きるということはない。

「無駄死にが増えるだけじゃ。止めさせよ」

「良いのですか」

このままではこちらは良い所がまったくない。緒戦の木津川口や博労淵などでの勝利を帳消しにするほどの快勝という印象を、敵に与えてしまうことになる。戦は数も大事だが、人の心が大きく影響するものだ。勝てると信じ切っている兵であれば、何倍もの敵にすら打ち勝つことができる。

この半日ほどの戦いによって、敵は勝てると信じられるだけの手応えを得た。

「構わん」

主を気遣う正純を見もせずに、家康は言葉を吐いた。

「このまま続けておっても、敵を勢い付かせるだけよ。一刻も早く兵を退き、包囲を固めるのじゃ。勝つための策を考えるのはそれからでも良い。敵は打って出ては来ぬのじゃ。時はいくらでもある」

敵が城を出て戦うつもりがないことは、明らかであった。

家康ならば打って出る。しかも、ここまで包囲が固まる前に。日ノ本全土から大坂へと集まってくる敵を、近江の瀬田あたりで迎え撃ち、ある程度突き崩しておく。いくつかの勝ちを収めながら、各地を転戦してゆくのだ。そうこうするうちに、勝てるという予感が豊臣方だけではなく、徳川に味方をしている豊臣恩顧の大名たちにも伝《でん》播《ぱ》してゆけば、勢いが逆転する機が訪れるかもしれない。

本当に勝ちを得るつもりならば、野戦を捨ててはならなかったのだ。

大方、淀の方と大野治長あたりが、城から兵を出すことを嫌ったのであろう。

敗けぬ戦をしてひっくり返るような状勢ではないのだ。大きな博打を打てぬ者に、天下が転がり込んで来るはずがない。

秀吉は大きな博打をする男だった。

そして、そのことごとくで勝ちを収めた。

だからこそ天下を取った。

そして己も……。

すっかり萎んでしまった頬を叩きながら、淀んだ瞳で戦場を見遣る。

ここまで変わってしまうとは思ってもみなかった。十四年という歳月は、これほどまでに人を変えるのかと思うと、愕然としてしまう。

しかし、考えてみれば無理もない話なのかもしれない。ここに集う大名たちの多くが、関ヶ原の功により家康が所領を与えた者達の子息なのである。武功によって身を立てた者たちは、すでにこの世を去ったか隠居の身となり、兵を率いたことのないその子等が、槍を持ったこともない家臣たちを引き連れて、この場に集っているのだ。

戦のなんたるかを知らぬ者たちに、どれだけ細やかに命を下したところで、家康の納得の行く戦場になる訳がないのである。

さりとて……。

「あれほど無様に攻め立てることもなかろうに」

正純に聞かせるでもなくつぶやく。そんな主の気性など、聡い腹心は百も承知である。愚かな問いを投げてくるような真似はしない。ただ黙然と床几に座したまま、開けた幔幕のむこうに見える、黒煙を上げる戦場を眺めていた。

「正純よ」

「は」

平坦な声で応えた腹心に、ふと心に湧いた疑問をぶつけてみる。

「我等が敗けるには、如何にすれば良い」

「そは、敵がどのように戦えば、我が方が敗けるかということにござりまするか」

張りのない頰を撫でながら、家康はうなずきを返す。

真田丸などという小癪な名を冠した出丸の周囲で黒煙が幾筋も立ち上っている。あの真田昌幸の小倅のすることである。大方、空堀の底に油を撒き、火矢を用いているのであろう。

油と人と乱杭が燃える生臭いくせに香ばしさをも感じさせるなんともいえぬ匂いが、鼻の奥に蘇ってきて、むせそうになる。

「まずは……」

正純が切り出す。家康は黙して答えを待つ。

「将軍と大御所が討たれること」

「儂が死んでも秀忠がおる。秀忠が死んでも儂がおる。一人ならば敗けはせぬ」

「どちらも討たれてしまえば、我が方が混乱の極みに達しまする。そこに、十万の敵が城より打って出てくれば、我が方は、たちまち崩れ去りましょう」

家康は鼻で笑う。

「儂等が二人とも死ぬことなど在り得ぬわ」

「我が方が敗れることを述べておりまする」

言い訳のように正純が言った。冷徹で何事にも心を動かさぬような顔をしておきながら、意外と負けず嫌いなところがある。それは父も同じで、この親子は己が吐いた言葉を妙なところから突っつかれると、たまに子供のような言い訳を述べる。そういうところに可愛げがあり、家康が本多親子を重用してしまう一因でもあった。

「儂等が討たれる以外には」

「大御所様が戦の最中に身罷《みまか》られる」

「ほほ」

唐突な答えを受け、家康は嬉々とした声をついつい吐いてしまった。

「それはあり得るな。ほほほ」

すでに七十三。

いつ何時、心の臓が止まるかわからない。

「儂と秀忠が同時に討たれるよりも、ある話じゃわい」

「実際、武田信玄公は陣中で身罷られ、武田勢は兵を退き申した」

家康は老いさらばえた今なお、あの時のことを忘れることは無い。

武田信玄……。

家康がこの世で最も恐れた武士の名である。

上洛を果たし天下一統を目指す家康の盟友、織田信長の増長を制するため、信玄は甲斐信濃の軍勢を率いて上洛の途についた。

いまから四十二年も前のことだ。

上洛を目指す武田軍は兵を二つに分けて南下。家康の領する遠江、駿河領国へと侵攻した。三万五千に上ろうかという武田勢に対するその時の家康は、どれだけ集めてみても一万足らずの兵しか用意出来なかった。相手よりも劣る兵数で、家康は歴戦の猛将である信玄を迎え撃つことになる。

散々であった。

三方《みかた》ヶ原《はら》におびきだされた家康は、奇襲を迎え撃つ態勢を万全に整えていた信玄によって完膚無きまでに叩きのめされ、這《ほ》う這《ほ》うの体でその時の居城であった浜松《はままつ》城へと逃げ帰った。多くの家臣を影武者として犠牲にしての、生還であった。城門を潜って人心地ついた後に糞《くそ》を漏らしていたことを知るほどに、我を忘れていたことをいまでも家康は忘れない。

あの時……。

信玄が壮健なままであったなら、家康の領国は間違いなく完膚無きまでに蹂躙《じゆうりん》されていたであろう。

死んだのだ。

家康に心底からの敗北を味わわせた信玄が、陣中で病に没したのである。

武田家の家臣たちは、信玄の死を秘したまま速やかに兵を退いた。

家康は信玄の死によって、みずからの命を拾ったのである。

だからこそ。

今、この場で家康は死んではならない。家康が死ねば、秀忠は喪に服すといって兵を退く。間違いない。元々、妻や娘のこともあり、この戦に消極的だったのだ。良い口実が出来たとばかりに、あの息子は兵を退くに違いない。諸大名にも同様の命を下し、豊臣家は滅亡を免れることになる。

秀忠には豊臣家を滅ぼすだけの覚悟はない。正純が言う通り、家康が死んでしまえば、この戦は終わってしまう。

そして、あの時の信玄よりも家康は二十も年嵩である。体の不調はなにひとつ見当たらないが、だからといって明日死なぬという保証もない。戦を知らず無様に戦う眼前の若い大名たちなどよりも、死は間違いなく身近に迫っているのだ。抗おうとして抗えるものではない。

「頼むぞ」

己が胸に手を当ててささやく。そして、ちいさく息を吸い、ゆっくりと吐きながら、老いに満ちた体に活力を行き渡らせる。

「他は」

横目で正純を見ながらうながす。

若き腹心は動揺することなく、淡々とみずからの思うことを口にする。

「このまま大御所様の命を聞かずに、諸大名が城に打って掛かり、じりじりと兵の数を減らしてゆき、後藤又兵衛あたりの勇猛なる将の突撃で、いずれかの大身の軍勢が壊滅させられる。それを潮にいくつかの軍勢が崩れ、豊臣恩顧の大名が反旗を翻す。そうなれば、敵の勢いは増しに増し、我等は劣勢に立たされましょう」

「敗けるか」

「この場での戦は」

「退くか東へ」

「そうなりましょう」

正純は東で態勢を立て直せば、まだ戦えると言っている。関東から陸奥《むつ》にかけては、徳川一族や譜代の家臣たちの所領が群居していた。伊達などの徳川に近しい大身もいる。大坂で敗れても東へ逃れれば、五分以上の戦いができる。

「しかし」

正純が続ける。

「それも大御所様の命を皆が聞かぬという、在り得ぬことを前提とした予測にござりまする」

「聞くか儂の命を」

まるで、この言葉を聞きたいが故に、はじめた問答であったかのような終わり方に、家康は照れ臭さを覚え、苦笑いを浮かべた。しかし正純はそんなことは考えてもみないといった様子で、主に背を向け戦場を注視し続けている。

「無論」

正純と二人。

気付けば近習たちは去り、幔幕の裡には二人しか残されていなかった。家康を警護する者は、純白の囲いの外にいる。四方を幾重にも取り囲む兵たちは、いずれも百戦錬磨の猛者ばかり。そのなかには服部半蔵《はっとりはんぞう》の率いる伊賀者《いがもの》も忍ばせている。茶臼山を登って来たとしても、家康の元まで辿り着ける者などいるはずもない。

なにがあっても敗けぬと正純は言う。ならば何故、家康はこれほどまでに怒っているのか。

「あの阿呆どもでも勝てるか」

つい本心を曝《さら》け出してしまう。無言のまま正純は、主に背をむけ言葉を待っている。

「見てみよ正純。奴等は戦を知らぬ。数を頼りに、ただ闇雲に攻め寄せれば勝てると思うておる。それであの様よ。篠山を攻めよなどと命じた秀忠も秀忠じゃ。昔の遺恨などに目を奪われおって、なにが大事かもわからぬ始末じゃ。戦でなにが一番大事なのか、わかるか正純」

「勝ちにござりましょう」

淀みない答えが返ってきて、家康は首が取れるかと思うほど大きくうなずいた。

「そうじゃ。勝てば良いのじゃ。勝つためならば、たとえ卑怯と言われようと、潔くなかろうと、なにをしても良いのじゃ。正々堂々正面から戦って敗れるような愚か者とともに戦うくらいなら、姑息《こそく》な手を使い勝ちを得る者とともに儂は戦う」

真田信繁という名が頭に浮かび、家康は必死でそれを掻き消した。

乱れる心のまま問う。

「我等は敗けぬと御主は言うが、ならば此奴《きやつ》等を率いて勝つためにはどうすれば良い」

かすかに震える指先で、黒煙を上げ続ける真田丸を指差す。伝令が行き届いたのか、先刻まで五月蠅いほどに聞こえていた喊声が綺麗さっぱり止んでいた。たまに銃声が聞こえて来るが、城から放たれる挑発のための銃撃である。味方の兵は皆、矢玉の間合いから外れ、城を遠巻きにしていた。

たしかに正純の言う通り、命は素直に聞くらしい。ならば何故、最初に命じた通り、空堀を掘りながら慎重に進まなかったのか。篠山などに目を奪われなければ、陳腐な挑発などに乗らなければ、無駄な損失は免れていたものを。

後悔しても始まらぬことは、多くの戦場で学んでいる。

落ち着け……。

心に命じる。

戦にはひとつとして同じ物はない。どれだけ戦場を経験しても、どれだけ年を重ねようと、すべてを見通せるようなことなどないのだ。神にでもならない限り、勝敗は見極められないし、どれほど万全な備えをしたところで、些細なほころびから敗北を喫することだってあるのだ。

かつての主がそうだったではないか。

今川義元。

家康はこの男に、幼少の頃から人質として、家臣同然に扱われてきた。駿河遠江を領し、三河の松平家を従属させていた源家の名流の惣領である。

勝ちが目に見えていた戦で、義元は敗れ、首を失った。

若き織田信長の奇襲によって、義元は桶狭間《おけはざま》にて死んだ。

義元の死があったからこそ、家康は三河の領主に返り咲くことができたし、勝利した信長と盟を結ぶことができたからこそ、今日の徳川家の隆盛はあると言って良い。

人の縁と運というものは、どれほど年を経ようと見極められるものではないのだ。この世のすべてを見通せるなどと思い上がれるほど、家康は高慢ではない。

だからこそ恐ろしいのだ。

これほど必勝の布陣とともに戦に臨んでいたとしても、心の底から恐ろしいのである。いつ何時、厳重な警護を掻い潜り、この幔幕の裡に敵の刃が届くかもしれぬ。真田丸での小さなほころびが、大きな敗北へと繋がってしまうかもしれぬ。時とともに蠢く無数の疑いが、心の裡で暗い闇となり、家康を死の淵へと誘うのである。

どれだけ払ってみても、死という名の見えない手が後から後から涌き出でて、闇のなかに立つ家康を苛む。

「正純よ」

助けを求めるように若き背中に語りかける。

「勝たねばならぬのだ。ここで勝たねば徳川に先はない」

秀忠と秀頼のいずれが優秀であるかなどという矮小な問題ではないのだ。ここで豊臣家を滅ぼすことができなければ、徳川家は禍根を絶つことの出来ぬ家となる。秀忠、そしてその子へ、またその子へと継がれてゆかなければならぬ徳川家という名の大河は、代を重ねるごとに勢いを失い、数十年もせぬうちに枯れ果ててしまうだろう。

腰が浮く。

気付けば立ち上がっていた。

数歩前に進み、正純の隣に並ぶ。

「あの城に巣食っておるのは、過去の遺物よ。秀吉が残した関白家などという武家には無用の御宝よ。使いようのわからぬ者が持って良い物ではない。豊臣家に武家を束ねる力はない。徳川が……。武家の棟梁たる征夷大将軍こそが、日ノ本の武士の頂に立っておらねばならぬのじゃ」

無粋な言葉を吐くような正純ではない。主の独白同然の言葉を、ただ黙って聞いている。

「勝たねばならぬというのに、あの兵どもはなんじゃ。戦を知らぬ。何故いまここで大坂城を攻めておるのか、奴等にはわかっておらぬのじゃ。鐘の銘文などどうでも良い。法要の日取りなど知ったことではないわ。すべて言いがかりじゃ。それがわかっておるなら、儂が何故、二十万もの兵を集めたか、なにがやりたいのか、悟るはずであろう。悟れば、なにがあっても豊臣を許さぬことがわかるはずじゃ。儂がなりふり構わず勝とうとしていることがわかるはずじゃ」

最早、幼子の駄々と化した主の愚痴を、最後まで聞き遂げた若き腹心が、隣で平素と変わらぬ声を投げた。

「頼りにならぬ味方ならば、当てになさらなければよろしゅうござる」

「頼りにせぬじゃと……」

「左様」

「徳川の兵のみで戦うと申すのか」

相手は十万、こちらは五万。途端に劣勢になってしまう。

「なにも正面からぶつかるだけが戦ではありますまい」

さも戦がわかったような顔をして語るが、正純は関ヶ原の折に三十六。しかも三河での一向一揆との争いによって父、正信が家康の元を離れていた期間も長いため、戦場に出た経験も少ない。

したり顔で語る正純に反感を抱きながらも、家康は問いを投げて、若き腹心の真意を測る。

「如何にするつもりじゃ」

「あの城の主を攻めまする」

正純が首を横に振る。

「淀の方か」

「左様」

たしかに正純の言う通り、名目の上での豊臣の惣領は秀頼であるが、大坂城の主といえば、淀の方を指すといっても過言では無かった。

「搦手から行くか」

つぶやいた家康に、正純がうなずきを返す。

正面からぶつかることを避けて、淀の方を攻める。

正純の献策によって、家康の思考が凄まじい速度で回り出した。

心は老いを越える。体という入れ物は時とともに朽ちてゆくが、心は違う。

為す術もなく城を遠巻きに眺める味方の兵たちを睨みながら、家康は思考の糸を身中に張り巡らせる。七十三年の人生のなかで潜り抜けてきた無数の修羅場によって培われた物を総動員して、淀の方を揺さ振るための策を紡《つむ》ぎ出す。

若き将たちへの愚痴を吐いていた時には考えられぬほど、心が軽やかだった。老いた体から遊離した魂が、時を越え、あらゆる家康と現在の家康を接続してゆく。

長篠《ながしの》の戦い……。

馬防柵《ばぼうさく》……。

火縄銃……。

関ヶ原……。

三成の本陣からの大筒《おおづつ》による砲撃……。

「正純」

張りを保った声が家康の枯れた唇からほとばしる。冷徹な腹心の口許がわずかに吊り上がったのを、老いた主は見逃さなかった。

御帰りなさいませ……。

わずかに細くなった正純の目の奥で輝く妖しい光が、そう語っているように家康には見えた。

「大筒じゃ。ありったけの大筒を掻き集めるのじゃ」

「承知仕りました」

細かいことは聞かず、正純は一礼してそそくさと幔幕の外に姿を消した。一人きりになった家康は、冷めぬ身中の熱に浮かされながら心地良い疲れに揺蕩《たゆた》っていた。

真田丸での攻防から一夜明け、いまなお睨み合いが続くなか、夕暮れが戦場を包む。家康は本陣に設えられた床几に座し、かたわらに控えた正純と、彼に相対するようにして座る客を前にしていた。

「大筒でござりまするか」

掠《かす》れた声を吐いたのは、伊勢、津《つ》の城主、藤堂高虎であった。近江生まれの高虎は、長浜《ながはま》城にいた頃の羽柴秀長に仕え、三成とともに政に才を発揮して頭角を現した。豊臣恩顧の大名のなかでもいち早く家康に近付き、関ヶ原でははじめから徳川方に付いて動き、それまでの領国であった伊予国宇和島《うわじま》八万石の安堵とともに、今治《いまばり》十二万石の地を家康より捥《も》ぎ取った。今度の戦においても、家康はこの高虎に先陣を命じ、四千の兵とともに大坂に入らせている。

この男は築城の名手である。

六年前、家康は高虎を宇和島から伊勢国津へと国替えさせた。そして、居城である津城とは別に、伊賀上野《うえの》の地にあった城の改修を命じたのである。もともと秀吉の命により筒井定次《つついさだつぐ》によって築かれていた上野城を、高虎は徹底的に改修した。本丸を拡張し、城の南方に新たに二の丸を建て、堀を深く掘り、日ノ本でも有数の高さを誇る石垣を築いた。

その時は家康もまだ、豊臣家を滅ぼすまでのことを考えていたわけではない。ただ大坂で異変があった際の備えとして、信頼のおける高虎と上野城を用意しただけのことであった。

家康はこの男が改修した伊賀上野の城を、今度の戦の詰めの城だと考えている。もし、大坂方がこちらを圧倒し、形勢が不利になった場合、家康は本陣を高虎が有する上野城へと移し、ここで態勢を立て直すつもりであった。そのことは、かねてより高虎にも伝えている。

齢《よわい》五十九。じきに六十になろうかという高虎は、すでに家康の頭のなかでは豊臣恩顧の大名ではなかった。

関ヶ原よりも以前にいち早く近付いてきた伊達政宗とともに、家康が心を許せる数少ない大名の一人である。

「妙案にござりまする」

若い頃は血気盛んであったらしいが、年を取ってからは、みずから槍を振るうよりも策謀を張り巡らすことを好むようになった高虎が、嬉しそうに声を跳ねさせる。

「このままにらみ合いを続けておっても、埒が明きませぬ。だからと言うて、わからず屋の小倅どもを焚き付けてみても、あの為体《ていたらく》。大御所様になんとか良き策を献じたいと思うておったのですが、なんとなんと。すでにそのような妙策を思いつかれておったとは。さすがは大御所様にございまするな」

軽妙な口調でつらつらと阿諛追従《あゆついしょう》の言葉を連ねる高虎の語り口は、なぜか不思議と鼻に付かない。これほどわかりやすく追従されると、本来ならば眉を顰《ひそ》めたくなるものなのだが、あっけらかんとした高虎の独特な乾いた声と韻律《いんりつ》が、家康の怒りの琴線《きんせん》を見事なまでに避けるのだ。このあたりは若い頃から主家を転々と変えていた経験のなせる業《わざ》なのであろうと家康は感心しながら思う。

「お」

微笑を浮かべて上座を見る高虎の視線を外し、前線に目をむけていた家康が思わず声を上げた。それにつられて高虎も振り返る。

二人の老人の動きを悟った正純が、口を開く。

「藤堂様の兵が動きましたな」

「なんじゃ。儂は命を下してはおらんぞ」

床几から腰を浮かせながら高虎が言った。

城を遠巻きにしていた藤堂勢が、谷町口に、むかって攻め寄せている。

「良勝《よしかつ》と勘兵衛《かんべえ》じゃ……。いったいなにがあったのじゃ」

声を震わせ高虎がつぶやく。良勝とは一門衆の藤堂良勝であり、勘兵衛とは高虎の家臣、渡辺了《さとる》の通称である。渡辺了といえば、槍の勘兵衛と呼ばれるほどの槍の名手だ。

恐らく先陣を駆ける二人の将が、良勝と勘兵衛なのだろう。

「勘兵衛じゃ。まったくあの男は……。功を焦りおってからに」

苛立ちを口にする高虎の肩が怒りに震えている。

良勝と勘兵衛に率いられた先陣が谷町口へ辿り着いた頃、前線から駆けてきた伝令が、家康の前に片膝を折った。

「谷町口の裡にて喧嘩《けんか》騒ぎがあり、守備兵に混乱を来したところ、その隙を衝かんと、藤堂家の先備えであった藤堂良勝殿、渡辺了殿が攻めかかったようにござりまする」

「儂がここにおることは知っておったであろうに」

「高虎」

立ち上がって戦場に駆けつけんとする高虎を、家康は呼び止めた。年の割りには伸びた背筋をゆるりと回して、高虎が上座と正対する。

「銃撃に晒されることなく城際の柵に取り付いておるのじゃ。おそらく喧嘩沙汰はまことなのであろう。このまま城内に雪崩れ込めるならそれも良し。とにかく様子を見ようではないか」

「大御所様がそう申されるのであれば……」

勘兵衛への怒りが冷めやらぬまま、高虎はゆっくりと床几に腰を落ち着けた。

「奴の槍の腕を買って二万石も出して召し抱えたのが、仇《あだ》となるやもしれませぬ」

吐き棄てるようにつぶやく高虎は、歯ぎしりしながら戦場を見つめている。重代の臣でもない者に二万石もの知行を与えるのは破格の待遇だといって良い。それほどの勇名を勘兵衛が有しているのは確かだった。

「厚遇を鼻にかけ、彼奴《あやつ》は事あるごとに、儂の命に背きまする。今度も、目先の勇名欲しさに喧嘩騒ぎに乗じて良勝を焚き付けたに違いありませぬ」

「それほど武勇を鼻にかけておるのなら、いまこの戦いぶりを見てやろうではないか」

高虎の怒りを和らげんとするように、家康は穏やかに語りかける。

雄々しい声が遠く離れた家康たちの耳にも届いて来そうなほどの激戦であった。城壁をよじ登ろうとする勘兵衛たちと、城壁の屋根に昇って必死に矢玉を浴びせ掛ける敵が、せめぎ合っている。勘兵衛たちが優勢だとは言い辛い戦況であった。喧嘩の混乱も、敵の到来とともに収まったのであろう。すでに豊臣方の兵たちは、一丸となって勘兵衛たちを退けようと必死に戦っている。

「まずい」

高虎が声を上げて再び立ち上がった。

すでに家康も異変に勘付いている。

八丁目口から敵の一群が飛び出し、藤堂勢の横腹目掛けて攻め寄せていた。長曾我部の旗印である。

「盛親か」

つぶやいた家康に、高虎がうなずきを返す。

「戻った方が良いようだの」

「そのようですな」

それ以上、二人は言葉を交わさなかった。高虎は速やかに幔幕を辞して、馬を走らせみずからの陣所へと戻って行った。それから間もなく、城に攻め寄せていた藤堂勢は後退を始めた。城から打って出た長曾我部盛親も、敵陣深くまで追撃することを避け、静かに城内へと戻った。

「実のない戦いであったな」

「はい」

正純の返答を聞きながら、家康は床几に深く尻を沈め、重い溜息を吐いた。

城の北方、淀川と大和川が交わり、天満川となって海へと注ぎ込む。ふたつの川が交わるあたりに、ちいさな島が浮かんでいる。京橋《きょうばし》という名の橋によって城と繋がる備前島《びぜんじま》と呼ばれるその島に、家康は立っていた。

当然、橋に繋がる大坂城の城門は堅く閉じられている。

そんなことは関係なかった。

「支度万端整っておりまする」

頭に純白の鉢巻きを着けた砲術頭が、遠慮がちに言った。家康は無言のままうなずきを返す。

長いこと立っているのも骨が折れた。そのまま腰を落とせば尻が落ち着くところに、床几が設えられている。しかし、座る気になれなかった。己の声によって、恨めしいほどの膠着《こうちゃく》が破られることになるのだ。漫然と座してなどいられない。荒ぶる心が、家康の老いた両足に力を与えていた。

真田丸での攻防の後に正純に命を下してから数日、三百もの大筒と五門の石火矢が集まった。家康はこれを数十人の砲術家に分割し、藤堂高虎、松平忠直、井伊直孝、佐竹義宣、菅沼定芳《すがぬまさだよし》らの陣所に配置した。それとは別に、城の北方、本丸に近い備前島にも、家康は砲術家とともに大筒を並べたのである。

淀の方を狙うならば、ここしかない。

大筒で城を砲撃すると決めた時には、備前島から撃つことを決めていた。豊臣家の最有力大名として、執政にあたっていた家康だ。西の丸に住んでいたこともある。家康の頭のなかには、大坂城の縄張りはしっかりと刻み込まれていた。

淀の方は天守の裏手、本丸御殿の奥に、女たちとともに住んでいる。

備前島からならば、大砲の玉が余裕で届くところに本丸御殿はあった。

戦を知らぬ者たちを頼るくらいなら、みずからで道を切り開く。

家康は思うように動かぬ肩を気合で動かし、重い腕を挙げる。

かたわらの砲術頭が息を吞む。

老いて霞む視界の端に、正純の姿があった。城を見上げる若き腹心は、すでに主を心配することはない。振り返りもせずに城を見上げ、家康の命によって砲撃が始まるのを待っている。

「やれ」

重さに任せるようにして、腕を振り下ろす。
威勢の良い砲術頭の声とともに、最初の砲弾が城にむかって飛んだ。

終章　淀

今日もまた……。

ようやく朝方になって眠れたというのに、無粋な轟音で目が覚めた。

ただ一人の寝間で、淀は褥に寝ころんだまま小さな溜息をひとつ吐く。

己がこれほど気の小さな女だったとは、四十六になるいまのいままで知らなかった。

昼も夜もなく、けたたましい爆音が四方で鳴っている。

大筒の玉が、城内の至る所に転がっていた。砲弾が飛来する度に、瓦は崩され、柱は折れ、がれきの下敷きになった者が死んでいる。

砲弾はそれ自体が破裂する物ではない。直接玉に当たったり、崩された建物の下敷きにでもならない限り、人が死ぬことはない。それでもやはり、いつ終わるとも知れぬ爆音に晒されていると、誰でも気が細くなってゆくものだ。

「御方様」

閉じられた障子戸のむこうから、聞き慣れた侍女の声がした。重い体を褥の上で起こし、寝間着のまま立ち上がる。褥に寝転がった無様な姿など、余人に見せられるわけがない。崩れた襟元を細い指先で直し、小さな咳をひとつすると、侍女の影が透ける障子戸にむかって声を投げる。

「入れ」

障子戸のむこうの影が揺らぎ、長年身の回りの世話をしてくれている侍女が、数人の女たちを引き連れて寝間に入って来た。寝覚めの挨拶を交わすとともに、彼女たちが淀を囲んで速やかに身形《みなり》を整えてゆく。さっきまで寝間着姿であった淀が、四半刻あまりの間に、唐紅《からくれない》の打掛を羽織った貴人へと変貌していた。

褥が取り払われた畳の上に腰を据えると、今度は台に設えられた鏡が置かれる。そうして化粧の得意な侍女が紅を指に付け、慣れた手付きで淀の唇へと当てる。仄かに撒かれた白粉の上に、多少の頬紅をあしらい、淀自身が納得のゆく顔へと変わってゆく。

女たちの手で身を装わなければ、男の前になど出られたものではない。

装いを整えることは、女としての最低限のたしなみであると、亡き母に教えられてきたから、五十という年が見えて来たいまでも、化粧や装束だけは妥協しない。

男が鎧で武装するように、女は装いで身を守るのだ。

支度万端整うと、先刻の侍女が深々と頭を下げる。その背後に並ぶ若い女たちも、侍女に倣うようにいっせいに頭を下げた。日頃の務めであるから、別段ねぎらいの言葉をかけてやることはない。うなずきだけで応えてやると、女たちは速やかに部屋を辞した。

そして淀は一人になる。

すでに東の空を明るくしていた陽光は、高い所まで昇っている。寝間と続きの私室へとむかい、本丸屋敷の奥にある庭園が見渡せる縁廊下がわの障子を、みずからの手で開いてゆく。

縁廊下の側に座り、冬の朝の澄み切った光に照らされる庭を眺める。

静寂……。

など望めるはずもない。

澄み渡る朝の気配を打ち砕くように鳴り続ける爆音と、天を焦がす黒煙が、足りぬ眠りでおぼつかぬ目覚めを、穢《けが》れた物に変える。庭の風情を借りてなんとか清涼なる朝を迎えようとする淀の努力を嘲笑う。

そもそも。

庭に風情などあるはずもなかった。草花に覆われているはずの庭の至る所に、黒焦げになった大穴が空いている。いまは亡き夫が事あるごとに自慢していた、大山を模した巨岩も、中程から砕けて見る影もない。数十もの鉄の玉がそこここで土にめり込んでいて、風雅もなにもあったものではなかった。

いまこうしている間にもまた、いつ何時砲弾が落ちて来るかもわからないのだ。

「御方様っ」

奥では珍しい男の声が背後に聞こえたが、淀は振り返りもせず気配が近づいてくるのを待った。

「そのようなところに御一人でおられては危のうござりまする」

大野治長が狼狽えるような声で、語りかけて来る。治長は、淀の乳母、大蔵卿局の息子だ。幼い頃から、見知った間柄である。身寄りを失った淀を養育し、後に夫となった男などよりも、付き合いが長い。

豊臣家で最も頼りとしている。

「御方様」

気配が寄る。手を伸ばせば触れられるほどのところまで、治長の気配との間合いは詰まっていた。

淀は庭を見つめたまま声だけを投げる。

「これだけ玉が降って来ておるのだ。どこにいたとて、変わりはあるまい。当たる時は当たる」

「しかし、御方様は豊臣家には無くてはならぬ御方にござりまする」

治長の袴《はかま》が廊下を滑る音が聞こえる。

淀は振り返らない。

「治長」

声だけで制する。

なおも間合いを詰めようとしていた治長の気配が、背中のわずかに手前で止まった。

「敵は」

勘働きの鋭い男である。それだけ言えば、わかるはずだ。

「もはや南方に布陣しておる者共は、動きませぬ」

真田丸にて信繁が奮戦し、前田、井伊両家の軍勢をはじめとした敵を打ち払ってからというもの、徳川勢は動きを止めた。

「なんとかならぬのか」

天を見上げながら憎々しい声でつぶやく。

せっかくの美しい蒼天が、備前島のあたりから上がる黒煙に汚されて台無しである。

「狸め……。無粋な真似をする」

家康の丸い顔を思い浮かべ、吐き気を覚える。老いて水気を失っているくせに、妙に張りがあるふくよかな顔が、淀には堪え切れぬほど醜い物に思えた。

肥った男が嫌いだ。

死んだ夫は猿に似た小男だったが、老いても決して太りはしなかった。淀が肥った男が嫌いなことを知っていたから節制していたのかもしれぬ。たとえしていたとしても、夫はそんなことを口にする男ではなかった。恩を着せるような真似を淀が最も嫌うことを、心底から弁えていた。

死んだ夫も、一度として好ましいとは思えなかった。

矮小な身形に醜い面。決して女が好むような容姿ではない。人当たりが柔らかく、愛想は良かったが、あいにく淀は男に調子の良さなど求めていなかった。

それでも……。

太っているよりは増しだ。

家康という男は心底から汚らわしいと思う。

太っているだけではない。

脂っこい。

なにもかもが。

顔に浮いた脂や、腹に蓄えたそれだけではない。話し方から目付き、笑い方にいたるまで、なにもかもが脂っこいのだ。

欲……。

ひと言でいえばそうなるのであろうか。とにかく家康という男のいっさいが、欲という名の脂に塗れているのだ。そんな家康を思い出すだけで、淀は腹の奥にずしりと鉄の玉を呑んだような心地になって、吐き気を覚えるのである。

相容れない。

不倶戴天《ふぐたいてん》という言葉があるが、淀は死ぬまで家康とは同じ天を戴けぬと断言できる。

「恐らくは……」

治長が背後で涼やかな声を吐く。

この男は好ましい。

大蔵卿局に似て、女のように睫毛《まつげ》が長く、目鼻も整っている。そんな顔貌を顕《あら》わすように、口舌も清々《すがすが》しい。気配りも申し分ない。側に置いておくならば、治長のような男以外に考えられなかった。

「なんじゃ」

言葉を切った乳母子を、穏やかな声でうながす。すると治長は、では、と前置きをしてから続きを口にした。

「家康は、御方様を脅かすために、この策を採ったのでしょう」

「どういう意味じゃ」

肩越しに治長を見据える。今朝はじめてその顔を見た。朝陽のなかに憂いを帯びた面持ちで座る治長は、冬の冷たさが良く似合う。

「御方様の心を脅かし、我等の頭を垂れさせようとしておるのではありますまいか」

「妾を怖がらせようとしておると申すのか」

「は」

深々と頭を垂れた治長が目を伏せた。長い睫毛に隠れた瞳が、青々とした畳の目を見つめている。

「妾を誰と心得ておる」

庭に背を向け、治長と正対する。

「妾の伯父は織田信長、父は浅井長政じゃ。夫は先の関白、豊臣秀吉。武家の娘として、関白の妻として、至らぬと思うたことなど一度もない。生まれた時より妾は武門の女として育てられてきたのじゃ。落城の憂き目に合《お》うたのも一度ではない」

最初は五つ。

二度目は十五。

一度目で父を失い、二度目に母を失った。

本当ならば、十五の時の落城を鮮明に覚えているはずなのだが、淀の脳裡には幼き頃に見た光景の方がいまでも色濃く残っている。

闇夜に浮かぶ小谷山の稜線のむこうに、炎に包まれた城が見えていた。

「御茶々《ちゃちゃ》様、怖くはありませぬぞ。某が……。この猿めが、かならずや伯父上様の元まで御届けいたしまする」

涙声の猿が、己を抱きかかえながら山道を下って行く。その背後には、まだ若い母の姿。母の腕には、まだ乳飲み子の一番下の妹が抱かれている。そのかたわらを歩む侍女の手には、もう一人の妹が抱かれていた。

母と侍女、そして三人の娘……。

五人の女を守るように取り囲みながら、猿に率いられた兵が松明を手に山を降りて行く。

「父上……」

猿の腕のなかでつぶやく。

「父上は」

「御父上は侍として、男として、御自分の生を全うなされようとされておられまする。御茶々様の御父上は、立派な御仁にござりまするぞ」

洟《はな》をすすりながら猿が言った。

汚らわしい……。

この顔は好きになれない。この時、はじめてそう思った。

淀の背後で轟音が鳴り響いた。

思わず振り返る。

「御方様っ！」

身を大きく乗り出した治長が、みずからの懐に淀を抱いて守る。

たくましい腕の隙間から、轟音のした方を見た。

庭の土が抉《えぐ》られている。

縁廊下の間近であった。

赤く染まった砲弾が白い湯気を上げながら、抉られた土の真ん中に鎮座している。

しゅうしゅうと湯が煮えるような音を発て、周囲の土を焦がしていた。

腰に……。

力が入らない。

絶えず砲撃は続いている。次から次へと備前島から城目掛けて砲弾が放たれているのだ。砲弾が淀の眼前に飛来したことなど、城外の敵は知る由《よし》もないのであろう。

「も、もうすこし奥まで届いておったら、御方様は今頃……」

そこまで言って治長が言葉を飲んだ。淀の体を抱く腕が震えていた。

縁廊下のむこうから足音の群れが近づいて来る。濃い気配を悟った治長が、淀の体から離れて身を引いた。

「御方様っ！」

先刻の侍女を筆頭に、女たちが周囲を取り囲む。その背後には、奥であることも構わずに淀の身を案じて駆けつけた重臣たちが顔を並べている。

「大事ございませぬか」

男たちのなかから進み出た一人が、治長のかたわらに片膝立ちになって問う。

弟の治房である。

「とにかく御方様をなかへ」

治房にうなずきながら、治長が言った。その言葉を聞いた女たちが、淀を中心に置きながら私室の奥へと身を隠す。男たちは部屋に入るのをはばかるように、縁廊下に並んだ。

重臣たちの顔付きはどれも硬かった。開け放たれた庭のむこうに落ち続けている砲弾が気になって仕方ないのだろう。どれほど淀の身を案じているふりをしても、己の命に勝る物はないのだ。

「ここは備前島に近《ちこ》うございます。三の丸に御移りになられた方がよろしいのではありますまいか」

治房が、兄に似ぬ厳めしい顔をいっそう強張らせながら言った。

縄張りの東方に位置する本丸よりも、三の丸のほうが中央に位置している。砲撃から一番離れているといって良い。治房の言うことにも一理ある。

「ならぬ」

四角い顔を見据えながら、淀は言った。輪を成して己を守ろうとする女たちを掻き分けて、縁廊下に並ぶ男たちと、立ったまま正対する。

「しかしっ」

「妾が備前島から離れた三の丸に移ったことを牢人たちが知れば、どうなるか」

抗弁しようとした治房を目で制して続ける。

「淀の方は我が身可愛さに砲弾から逃げたと誹《そし》られようぞ。ただでさえ、攻めて来ぬ敵を前に鬱憤を溜めておる牢人たちじゃ。莫迦《ばか》らしゅうて戦などやっておれぬとばかりに、各所に火を点けて回るやもしれん」

真田……。

長曾我部……。

後藤……。

いずれにせよ、淀にいわせれば牢人以外の何物でもなかった。満足な禄も得られず、時の流れに取り残されたような愚か者どもを、豊臣の直臣《じきしん》と認めるわけにはいかない。

戦のための道具に過ぎない者たちである。

上手く使うに限る。

「命を惜しんでおっては、勝てる戦も勝てぬぞ」

威勢の良い言葉を吐きながらも、淀の体は小刻みに震えていた。

恐ろしい。

当たり前ではないか。あと少し砲弾が屋敷の近くに落ちていれば、淀の身は無事では済まなかった。直撃ということもあり得たのである。そうなれば、治長が言った通り、今頃淀はこの世にいない。

それでも……。

戦わなければならぬ。

豊臣家などのためではない。

この世でただひとつの宝のためだ。

震える体を奮い立たせ、片膝立ちで控える男たちを睥睨する。

「このような砲撃がなんじゃ！　敵は我等が強兵であることを知り、正面から攻めるのを避けておるのじゃぞ。砲撃に耐えておれば、攻め手を失うは必定。ふたたび敵は攻め寄せて来る。そうなれば牢人どもが、また獅子奮迅の働きを見せてくれるであろう。それまでの辛抱じゃ。それまでは牢人たちの戦う気を損ねてはならぬ。故に妾はこの場に留まる」

伯父上、父上……。

茶々に力を御貸し下され。

淀は涅槃《ねはん》で見守る信長と長政へ、心の裡で願う。

本当は。

逃げたくてたまらない。

一刻でもこんな場所に留まってなどいたくはなかった。

家康は己を本気で殺そうとは思っていない。砲弾が庭に落ちてもなお、淀は心のどこかでそう信じていた。

淀の妹は、将軍の妻である。子の妻は、将軍の娘だ。豊臣家と徳川は縁続きなのだ。今度の諍いも、どこかで和議に持ち込める。それまでの綱引きなのだから、一歩も引くことは許されぬのだ。

戦巧者の家康である。

大砲の玉が着弾する場所は、精密に計っているはずだ。淀の心を揺さぶるために、ぎりぎりのところに着弾させているに違いない。

威《おど》しになど屈しない。厳とした姿勢を見せつけなければならぬのだ。

「しかし御方様……。ここはやはり治房の申す通り、三の丸へと……」

「くどい」

弟の言の後ろ盾にならんとする治長をも厳しい声で律してから、淀は恐怖で鉛のように重くなった足を、男たちが並ぶ縁廊下のほうへと進める。

「この程度の砲撃で怯《ひる》んでおって、どうする」

未だに腰に力が入らない。気を抜けば、すとんと尻が畳に落ちてしまいそうだった。緩んだ膝は、力を込めていなければ外へと開きそうになる。奥歯を力いっぱい噛み締めて、背の骨を立て、なんとか前へと歩を進めた。

庭が近づいて来る。

焦げた土と鉛、そして腐った魚、それに煙。すべての悪臭が綯《ない》交《ま》ぜになって、淀の小さな鼻の穴に滑り込んできた。

昨夜食べた魚が、腹の奥からせり上がって来た。瞬《また》く間に舌の上まで戻ってきた物を、腹に力を込めることで、吐き出す寸前でなんとか止める。すでに男たちを左右に掻き分けて縁廊下の縁まで達していたから、誰にも気取られはしなかった。

鼻の奥に、溶けた魚の生臭い匂いがこびりついて、ふたたび腹から戻って来そうになる。

何故ここまで辛き目に合わねばならぬのか……。

夫が……。

あの男が豊臣家の惣領などでなければ、これほどの目に合うことなどなかったはずだ。あの子が、あの男の息子であったがために、淀は死の瀬戸際に立たされている。

「敗けぬ」

虚空《こくう》に脂ぎった狸の笑みを思い描きながら、つぶやく。

「母上っ！」

変わり果てた庭を眺める淀の耳に、我が子の耳慣れた声が届く。

とっさに声の方を見る。

秀頼が血相を変えて縁廊下を駆けていた。男達がすっと身を引き、息子のために道を作る。広い廊下は、男たちが脇に下がっても、秀頼が駆けられるだけの十分な余裕があった。

目の前に立った我が子が、淀の肩に手を伸ばす。

「大事ありませぬか母上っ！」

秀頼の堂々とした姿に、在りし日の父を思い浮かべる。その度に、矮小な夫ではなく偉丈夫であった父に似てくれて本当に良かったと、心の底から思う。

「このとおりです。大事ありませぬ」

笑ってやると、秀頼は大きなため息をひとつ吐いて、いからせていた肩を下ろした。

「良かったぁ」

大きい目が、笑うと線のように細くなる。その愛嬌に満ちた息子の笑みが、淀はなにより好きだった。

しかし……。

皆が見ている。

己の顔の緩みに気付き、淀は頬に力を込めた。

「皆の前です」

冷たい声で言い放つ。

はっとなった秀頼が、母の肩から手を放して腰を落とした。

「失礼仕りました」

「いえ」

短く答えて、目を伏せる秀頼にうなずいてやる。

「母上」

秀頼が母を見上げる。

「このまま奥におっては危のう……」

「その話はすでに終わった。のぉ治長」

「はい。御方様はこの場に留まられる御覚悟にございます」

「何故」

「牢人どもの士気を下げぬためよ」

息子がなにかを言おうとしたのだが、甲冑が鳴らすけたたましい音の群れが、砲撃が止まぬ庭の方から聞こえてきたため、秀頼の口は閉ざされてしまった。

秀頼が音の方に目をむける。淀もそれを追う。治長をはじめとした男たちも、縁廊下の下に居並んだ鎧武者たちを見た。

「御無事であられましたか御方様っ！」

居並ぶ鎧武者の真ん中に控えた木村重成が、兜の下の顔をほころばせながら言った。

重成の左右には、真田信繁、後藤又兵衛、長曾我部盛親、明石全登、毛利勝永の五人が控えている。

特別、秀頼への謁見を許した牢人たちだ。

そんなことをするから……。

淀の心を怒りが覆う。

下賤《げせん》な牢人風情が本丸御殿の奥になど入って良いはずがないではないか。

怒りを気取られぬよう、鼻先を天へと突き上げながら、淀は縁廊下から、下賤な者たちを見下す。

譜代であった勝永はまだ良い。重成とともにこの場に駆けつけることは許そう。しかし、他の者は違う。いかに長曾我部のように四国で名を馳せた大名であったとしても、もはやそれは昔のこと。聞けば盛親は上方で子供に読み書きを教えて銭を得ていたというではないか。もはやそれでは武士とも呼べぬ。そんな者たちが、先の関白の妻の私室まで足を踏み入れるとは、前代未聞の不祥事である。

「心配をかけました重成」

怒りを隠し、息子がもっとも目をかけている家臣に優しい声を投げる。

「とにかく良かった！」

髭面が強張った笑みを浮かべながら言った。

長曾我部盛親だ。

重成の左右に並ぶ男たちが、淀を見上げている。

安堵で口許を緩めているようだが、瞳の奥に輝く邪《よこしま》な光を淀は見逃さない。

〝死ねば良かったのに……〟

五人の目がそう言っていた。

牢人たちが、淀のことを厭うていることは知っている。

真田信繁と後藤又兵衛の城を打って出て戦うという策を退けた時、溜息混じりに上座にむけた又兵衛の目を、淀は一生忘れないだろう。

〝女ごときがなにを言うか……〟

失望とともに伏せた目に閃いた刹那の邪念は、又兵衛だけではなく他の牢人たちの瞳にも宿っていた。

戦を知らぬ女……。

男たちは淀のことをそう思っている。

見縊るな。

二度の落城を淀は味わっている。

忘れもしない越前北ノ庄《きたのしょう》城でのことだ。

母の夫となった柴田勝家《かついえ》は、戦に敗れた後に淀たちを逃がして城に火を点けた。そして、母とともに炎のなかで死んだ。十文字に腹を斬り裂いて死んだという。

末期の別れの際、勝家は淀たち三人の娘を呼んで言った。

〝わずかの間ではあったが、其方たちの父となれたこと嬉しく思う。其方たちは生きよ。なにがあっても生き続けるのじゃ。それが父としての最初で最後の願いじゃ〟

これから死ぬ義父は、娘たちが生きることを願って腹を裂いた。

本当の父も、母と淀たちを逃がして死んだ。

女はいつも戦いの埒外に置かれるものなのか。

違う。

武士の魂を、父や義父は己の命を賭して淀の身中に刻んでくれた。

そして、織田信長の血が、淀の体には通っている。

夫もまた、淀に武士の生き様を刻み込んだ一人であった。

小田原《おだわら》の陣中や名護屋《なごや》の城、夫は戦場に淀を呼んだ。一時も離れたくはないと少年のようなことを口にしていたが、淀は夫とは違う了見で戦場に立っていた。

大坂と同じく二十万の軍勢に城を囲まれた北条の滅びゆく様。

異国の地での苦しい戦いに多くの大名を誘《いざな》った文禄、慶長の戦。

戦う男たちの背中を、淀は常にその目に焼き付けて来たのだ。この場に集う若僧どもよりも、多くの修羅場を潜り抜けて来ている。

「御主達はここでなにをしておるのじゃ」

重成たちに冷淡な声で問う。

ゆるやかな笑みを浮かべた真田信繁が、縁の下から穏やかに答える。

「我等一同、御方様の身を案じ、砦の防備を家臣に任せ駆け付けましてござります」

「それを忠義と思うてか」

「あぁ……」

小さな呼気をひとつ吐き、真田の小倅がうなずいてひれ伏した。

「これは思い違いをいたしており申した。某たちは、どのような時であろうと持ち場を離れず、城を死守するために、呼ばれたのでござりました」

信繁に倣うように、他の四人も頭を下げる。又兵衛だけが呆れたような皮肉の笑みを浮かべていたが、他は信繁の言葉に同調しているようだった。

「解れば良い」

短い言葉で切り出して、淀は続ける。

「ならば、このようなところにおってどうするのじゃ。其方達には其方達のやるべきことがあるはずじゃ」

大人しく城を守っておれ。策を巡らすのは、こちらの役目だ。牢人たちとの間には、強固な壁を築いておかなければならない。

「たしかに御方様の仰せ、もっともにございます。ですが……」

言葉を切った信繁の目に、怪し気な光が宿る。気の抜けたような顔をしていながら、目が笑っていない。武人の気迫に淀が息を呑んでいる間に、信繁が言葉を継いだ。

「ひとつだけ御頼みしたきことがございまする」

無礼な推参の上に、願い事とはどこまで厚かましいのかと呆れてしまう。息子や治長は、口を開こうとしない。信繁たちを受け入れている。淀と信繁の間で交わされるべき願いであると、この場に集うすべての者が思っているようだった。

小賢しい男は嫌いである。

嫌悪の情を眼差しに込めながら、淀は信繁を見下す。

「申してみよ」

聞き届けられぬ頼みならば、断われば済む話だ。聞いてやる懐の広さを見せておくのは無駄ではない。

「大砲の玉はじきに尽きまする。そうなれば、敵はまた城を攻めねばなりませぬ。御方様、もうしばらく御辛抱いただけませぬか」

どれだけ砲撃を受けようと、敵の砲弾が尽きるまで耐えろ。決して臆するな。耐え切った後は、我等がなんとかするから、絶対に頭を垂れるなよ。

慇懃な物言いをしてはいるが、実際はそう言ったも同然である。

唇の端を歪《いびつ》に吊り上げ、淀は信繁を睨む。

「見縊るでない」

「は」

信繁の相槌に、周囲の牢人たちの顔が引き攣る。

今更もう遅い。

この男は妾を怒らせた。

「御主などに言われずとも、妾は本丸御殿を動かぬ。先刻、治長たちにもそう申したところじゃ」

お前たち牢人の士気を危ぶんでのことだとまでは、言わなかった。

「妾は退かぬ。見縊るでない」

「これは、これは」

つぶやきながら信繁が深々と頭を垂れた。

「重ね重ねの御無礼、何卒御容赦を。御方様の御覚悟の深さを見誤り、出過ぎた真似をいたした己の不徳、申し開きの言葉もございませぬ。本来ならば、この場で手打ちにしていただき、我が不忠の責めを負うべきでありましょうが、いまは戦の最中にござる。戦場で果てることを責めと思うていただけませぬか。この信繁一生一度の頼みにござりまする」

大仰な物言いは、淀を女と見縊った上での過剰な言い訳である。女の機嫌を取るための、上っ面の言葉だ。

もう刹那の間も、この男の姿を見ていたくはなかった。

「下がれ。下がって己が持ち場を死守せよ。それだけのことを申したのだ信繁。御主だけではなく、ここに並ぶ者たちの働き、期待しておるぞ」

約束通り戦場で死ね。

徳川を退けた後の豊臣の世に、牢人たちの席などないのだ。運良く生きのこった者がいたとしても、徳川から奪い取った東国を与えて大坂には寄せ付けぬ。

政は治長をはじめとした豊臣の臣で行ってゆく。関白豊臣秀頼を支えるのは、豊臣家の直々の家臣たちでなければならない。

「それでは我等は持ち場に戻りまする」

牢人たちを連れて来た不手際を恥じ入るように、重成が頭を下げて立ち上がる。信繁たちも重成に倣い辞儀をして、そそくさと庭の裏手から去ってゆく。

「いいですか秀頼」

「はい」

隣に立つ息子に、わずかに身を寄せる。そして、彼だけにしか聞こえぬ声でささやく。

「あの牢人たちに決して心を開いてはなりませんよ」

秀頼は重成を助けた又兵衛を好ましく思っているようだった。ここでしっかりと釘を刺しておかなければ、又兵衛の重用にはじまり、牢人たちを増長させる事態を招くことにもなりかねない。

「わかりましたね」

戸惑い、返答に迷う息子に答えをうながす。

「承知いたしました」

満足な答えを聞き、淀は笑みを浮かべた。

砲撃は止まない。

だが、心の平穏は戻っていた。

「塙団右衛門《ばんだんえもん》……」

「はい」

馴染みの侍女が目を輝かせながら答えた。

「この団右衛門という者が前日の夜、城の西方を固める蜂須賀至鎮の陣所へと奇襲をかけたそうなのです。足軽を二十人ほど引き連れて、蜂須賀方の中村右近の陣所を急襲して、右近の首級と二十ほどの手柄首を引っ提げて、城へと戻ってきたのだそうです」

四十になろうかという侍女は、乙女のように目を輝かせながら語る。真田丸での勝利から半月ほどが経った。いまだ砲撃は止まない。轟音にも慣れきってしまった女たちにとって、昨晩の騒ぎはさぞ心躍る一大事だったのであろう。

「しかもその際に団右衛門は、己の名を記した木札を敵陣の至る所にばら撒いて帰ってきたそうなのです」

塙団右衛門などという名など、淀は今の今まで知りもしなかった。

本来の名は直之《なおゆき》というらしいのだが、城の男たちは団右衛門と呼んでいるから、侍女もそう呼んでいるという。

奥付きの女たちだけではない。弛緩した睨み合いに飽き飽きしていた男たちにとっても、団右衛門の蛮勇は痛快だったに違いない。たちまち団右衛門の名は城内に響き渡り、侍女の口から淀にも伝わった。

豪胆じゃ武辺者じゃと言って、皆が団右衛門を褒め称えているというが、淀はそうは思わない。結局、蜂須賀の家臣を一人殺しただけではないか。もし、団右衛門の蛮行が戦局に影響を与えるとするならば、膠着した睨み合いを破って敵を襲うことで、徳川方の将兵を挑発してみせたくらいのことであろう。

真田信繁は、真田丸での戦いの折に、前田勢を散々に挑発し、一度は膠着を来そうとした戦局をふたたび揺り起こしたという。そのくらい見事な挑発であれば、淀も言うことはない。

「塙団右衛門では名が小さ過ぎたか」

落胆とともに吐き棄てると、侍女が小首を傾げて得心の行かぬ顔をした。浅薄な侍女をそのままにして、他の女が掲げる橙《だいだい》の打掛《うちかけ》の袖に腕を通す。

いつもの朝の、いつもの風景……。

砲撃は止まない。

常に眠りが足らぬから、もはや眠気も消え果ててしまった。どこに砲弾が落ちようと、心は小動《こゆるぎ》もしない。

届かぬのだ。

大砲の玉が本丸御殿まで。

屋敷端の庭には無数に玉が転がっているが、御殿の方はというと、瓦を数枚削られたくらいで深刻な傷はひとつもない。

砲撃がはじまった当初は、家康がわざと御殿を避けているのだと思っていたが、どうやら違っていたらしい。備前島から打ったところで、大坂城の深い堀と、塀の屋根を乗り越えて庭の奥にある御殿まで届くような大砲はないのだ。

ならば、どれだけ大砲を撃ちこまれようと、淀はびくともしない。信繁が言ったように、敵の砲弾が尽きるまで、いつまでも耐えられる。

恐れが無くなれば、あとは耳障りな轟音に慣れるまで。

日中、目が覚めている時の音には慣れたが、まだまだ深い眠りに落ちるまでには至っていない。

「御主から聞かずとも、戦のことは後で治長たちから聞かされることになるのじゃ。それより早《はよ》う支度を済ませよ」

「これは御無礼をいたしました」

頰を赤らめながら侍女が謝る。気が利く女であるから、多少の無礼で目くじらを立てることもない。

「まぁ、団右衛門なる牢人が、女たちにも大層人気であることはわかった」

笑いながら許してやると、侍女が照れ臭そうにぺこりと頭を下げる。その頃には、すっかり身支度は整えられていた。顔の支度に取りかかるため、鏡を設えた台を女たちが持って来ようとしている。侍女に手を取られつつ、淀は腰を落とそうとした。

その時だった……。


暗い。

耳が聞こえない。

埃の匂い。

細かい針のような物がいくつも突き立って、喉を刺す。咳込んでいるのだろうが、みずからの声が聞こえなかった。頭の骨に響くから、それで咳をしているのがわかるのだが、口許に手を当てようにも、腕が動かない。

なにか重い物が体に圧し掛かっている。寝ているのだが、頭が動かない。だから、自分の体がどうなっているのか確かめる術がなかった。

「……さまっ……」

きんきんと響く耳鳴りを掻き分けて、遠くの方から声が聞こえてくる。

己を呼んでいる声なのか。

ここにいる。

言おうにも言葉が喉から上がって来ない。

死んでしまったのだろうか。

それすらもわからない。

ただ……。

真っ暗だった。

いきなり眼前に現れた四角い光に、淀は目を細めた。

「御方様っ！」

治長の声だ。

「ここに……」

なんとかそれだけを言えたことに、淀は安堵した。暗闇に包まれていた時には、本当に声が出なかった。このまま一生、口が利けぬのではないかと、本気で心配になった。

「ここじゃっ！　御方様はここにおられるっ！」

治長の叫びとともに、周囲で木の塊を打つような激しい音が鳴り始めた。それが柱を取り除く音なのだとわかったのは、四角い光が徐々に広がっていき、目が光に慣れはじめてからのことだった。

広がった光のなかで、男たちが忙《せわ》しなく駆け回っている。その手には焼け焦げた柱や板を抱えながら、眉間に皺を寄せて必死に働いていた。

「御方様っ！」

光のなかに治長の顔が浮かび上がった。

傾いた柱と柱の間から体を滑り込ませ、右手を淀のほうへと伸ばしている。

「治長……」

淀も腕を伸ばして、治長の掌をつかもうとしたが、瓦礫《がれき》に押さえられて思うようにいかない。

「しばらく……。もうしばらくの辛抱にござりまする」

声を震わせる治長の隣に、ひと回りほども大きい顔が並ぶ。

「母上っ！」

「秀頼」

治長の隣にある息子の顔にむかって言った。

「良かった……。本当に良かった」

誰はばかることなく秀頼は泣いている。

「豊臣家の……」

主なのだから人前で涙を見せてはなりませぬ、と続けたかったのだが、腹の上に重くのしかかる瓦礫のせいで、言葉が上手く吐き出せない。

恐らく、目が覚めてから周囲の瓦礫が取り払われるまで半刻ほどの時しか経っていないのだが、淀には一日よりも長く感じられた。すべての瓦礫が庭へと運び出され、秀頼の手で助け出された淀は、目の前に広がる光景に愕然とした。

私室が、ずだぼろに崩れ果てている。

天井があったところにぽっかりと穴が空き、崩れた壁が今にも淀たちの頭上に倒れ込んできそうだった。床に敷かれた畳は大きく波打ち、純白だった壁がぼろぼろに剝がれ落ちて茶色い土を露わにしている。

「屋根を直撃したとのこと」

かたわらで淀を守る治長が、弱々しい声で言った。

「何故……」

砲弾は届かなかったはずではないのか。

「天守も傾きました」

今度は秀頼が言った。涙声である。淀は窘める気力もない。

「天守が……」

見開いた眼で息子をうながす。

「柱を打ち砕かれ、天守が傾いてしまいました」

夫が天下の政のために建てた城が。

「傾いた……」

うわごとのようにつぶやいた声に、秀頼と治長は答えようともしない。

淀の虚ろな眼差しが、粉々に砕け散った私室を彷徨《さまよ》う。

「あ」

それを見付けた時、淀は思わずか細い声を吐いた。

大きく波打った煤《すす》に塗れた畳の上に、侍女が寝かされていた。

腹から下が。

無かった。

いや、腹のあたりを失った侍女の二本の足だけが、腹から上だけの骸の脇に並べられている。汚らわしい物を見せてはならぬとばかりに、侍女の腹から下に布きれが被せられていた。誰かの衣である。女物だ。煤と血で汚れていた。

「恐らく大砲の玉を受けて……」

淀の視線を追った治長が、声を震わせながら言った。

「あの……」

侍女の名はなんと言ったか。

そう問おうとして、治長が知る訳がないと思って飲み込んだ。己が知らぬ侍女の名を、男たちが知る訳がない。

何年側で使ったかも定かではない。

名は聞いた。

だが覚えていない。

物心付いた時から数え切れぬほどの女たちに傅《かしず》かれてきたのだ。その一人一人の名を覚えていたら、淀の頭が保《も》たない。

己と女たちは身分が違う。

相手が己のことを覚えているのは当然で、己が相手を知らぬのは仕方の無いこと。

そう信じて生きて来た。

侍女の照れ笑いを思い出す。

そう。

あの女は淀の目の前にいたのだ。化粧のために、淀の手を取り、その場に座らせようとしていた。

身ひとつずれていれば……。

そこまで想いが至った時、それまで淀が信じていた世界のなにもかもが覆《くつがえ》ってしまった。

「母上」

秀頼に呼ばれ、淀は己がいつの間にか座っていることに気付いた。

座ったのか。それとも腰を抜かしたのか。そんなことはどうでも良かった。

わかったのだ。勘違いしていたのだ。

家康という男は己を殺すことを躊躇《ためら》ってなどいない。

「あ……」

膝を折り、心配そうに手を取る息子の顔を見て、淀はすべてを悟った。

豊臣家には秀頼がいる……。

家康にとっては、秀頼の存在こそが豊臣家なのだ。

淀は秀頼の母でしかない。

たとえ将軍の妻の姉であろうと、将軍の娘の義母であろうと、関白になれるわけではない。

豊臣秀頼が豊臣家の惣領で、淀はその母……。

それ以上でも以下でもない。

家康はそう思っているに違いない。だから、本丸御殿の奥を狙ったのだ。

淀の私室を。

あの男の脂ぎった顔が脳裡に克明に蘇る。

己を見て笑っていた。

死ね、御主などいらぬ……。

欲の光に輝く目がそう告げていた。

「御方様」

秀頼の隣で治長が目を細め、淀を見ている。呼ぶのが精一杯で、二の句が継げずにいるようだった。恐らく治長も、まさか家康が淀の私室を狙ってくるとは思ってもみなかったのだろう。

喰うか喰われるか。

そんな戦であるとは淀も治長も夢想だにしていなかったのだ。

「母上」

もはや震えを隠すこともできず、大きく左右に揺れる淀の掌を、息子の分厚い手が包み込む。

「秀頼」

「これで御解りになられましたか」

「え」

この子はなにを言っているのだろうか。

淀の心は一層乱れる。

これまで一度として見たことのない大人びた顔をして、息子が淀を見つめていた。

力の籠らぬ弛緩した頬を震わせながら、淀は虚ろな瞳で秀頼を見遣る。

「大御所は豊臣家を滅ぼす御積りです」

揺るぎない声で息子が言った。

「まさか」

答えたのは治長だった。

息をするだけで精一杯。声を吐くことすら淀は忘れている。

引き攣った笑みを浮かべて、治長が首を横に振る。

「いかに家康が傲慢《ごうまん》であろうと、まさか己が主家を滅ぼそうなどと……」

「そのように思うておるのは、この城におる者たちだけじゃ」

秀頼が、治長の言葉を断ち切って己の想いを口にするなど、淀はこれまで一度も見たことがなかった。いや、こんなに厳とした態度で人と接することが出来る子であるとは、思ってもみなかった。

「どれだけ我等が奮戦しようと、豊臣恩顧の大名が大御所に逆らうようなことはない」

息子の声には一切の淀みがなかった。穏やかで聞き心地の良い響きでありながら、どれだけ強硬な反論を受けようと、曲がらぬだけの強さが秘められている。

「恐らく……」

淀だけを見つめながら、息子は淡々と語り続ける。

「伏見で私と会った時から、大御所は豊臣家を滅ぼすつもりだったのでしょう」

「そんなに……」

前から、という言葉が出てこなかった。しかし息子は淀の言いたいことを悟って、静かにうなずいた。そしてまた、語り始める。

「大御所はみずからの命が絶える前に、憂いを取り払っておきたいのです。我等はまんまと大御所の誘いに乗ってしまった」

歯の根が合わず、口中でかたかたと尖った音が鳴るのを、淀はどうしようもなかった。

はじめから息子には解っていたというのか。家康の本意も、淀たちが掌の上で踊らされていたということも。そんなことは噫にも出さなかったではないか。己の隣で微笑を湛え、難しいことは母に任せるという態度であったではないか。

「何故じゃ」

切り出したら止まらなくなった。

「そこまで解っておりながら、其方は何故いまのいままで黙っておったのじゃ。はじめから家康が我等を滅ぼすつもりだと知っておったのなら、どうして言わなかった。機はいくらでもあったであろう秀頼。何故じゃ、何故……」

掌を覆っていた息子の手が、母の肩をつかんだ。己の顔を、母の視線の正面にしっかりと定めながら、秀頼は力強い言葉を投げつけて来る。

「戦をせねば、母上は解ってくださらなかった。私がなにを言おうと聞いてくださらなかったではありませぬか。其方はなにも解らぬのだから黙っておけばよいと申され、評定に加えてもくださらなかった」

「なにを申す。ちゃんと評定には妾とともに……」

「形だけではありませぬか。私はただ上座で笑っているだけ。それしか許されませなんだ」

「それは」

たしかに息子の言う通りだったかもしれない。戦が始まる前、もしも片桐且元を皆で詰問している最中に、秀頼が今のようなことを言ったとしたら、淀は真っ先に諫《いさ》めただろう。裏切り者を糾弾することに必死であった。生意気な老狸《ろうり》にひと泡吹かせてやることしか考えてなかった。

豊臣家を舐めるな……。

その想いに凝《こ》り固まっていた淀の心には、秀頼の言葉は弱気のなせる業《わざ》だとしか思えなかったに違いない。

「其方たちも解ったであろう」

母の肩に手を置いたまま、秀頼が周囲に侍る男たちを見回した。

「もはや我等に勝ち目はない。最後の一人となるまで戦うか。それとも頭を垂れて和を結ぶか」

和議……。

信繁たちはどう言うだろうか。

敵の砲弾が尽きるまでは耐えてくれ。

戦いを望む牢人たちは、和議など決して認めないだろう。和議を結べば牢人たちは御役御免となる。戦が終わったから城から出て行けといって、はいそうですかと素直に聞いてくれるだろうか。

「実は……」

治長が口を開く。後ろめたいことでもあるのか、長い睫毛を伏せたまま、淀と視線を交わそうとしない。

「申せ」

秀頼がうながすと、焦げた畳を見つめながら、治長が言葉を紡ぐ。

「真田丸での攻防の後より、家康の方から和議を結ばぬかと申してきておりまする」

はじめて知った。

和議を求める使者が来たなどということは、淀は聞いたことがない。報せていなかった治長は、だから視線を合わせようとしないのだ。

「常高院《じょうこういん》様が、大坂に来ておるそうにござります」

「初《はつ》が大坂に」

治長の言葉に思わず淀は問いを重ねた。常高院とは、淀の妹である。三人姉妹の真ん中で、京極高次《きょうごくたかつぐ》に嫁いでいたのだが、高次の死と共に尼となり、常高院と呼ばれていた。しかし、淀にとっては己が茶々であるように、常高院は初という昔からの名の方がしっくりくる。

「姉上に和議を結ばれる御積りがあるのなら、是非とも豊臣方の使者を務めたいと申されておられるそうにござります」

「初が豊臣方の使者を……」

いつの間にか顔を上げていた治長が、淀に詰め寄るように膝を前に進める。淀を見つめ、熱を帯びた声を吐く。

「家康は今度の和議は女子の手で結びたいと申しておるようにござります」

「女子の手で」

「こちらからは常高院様と我が母が。家康の名代には側室の阿茶局《あちゃのつぼね》を据え、何処かの陣所で話をしたいと申しておるそうにござります」

もう、そこまで進んでいたのか……。

淀には景気の良いことばかりを告げておきながら、その裏では和議を結ぶ算段を進めていたとは。

もうなにを信じれば良いのか解らなくなった。

「秀頼」

小賢しい腹心から目を逸らし、淀は息子を見た。

「はい」

両肩に触れたまま、秀頼がしずかにうなずく。

「其方の好きになさい」

「母上……」

戸惑う息子の手をゆるりと外し、淀は一人立ち上がった。

「少し休む。誰も入ってくることは許さぬ」

「しかし、ここはまたっ……」

「その時は……」

寝所に入ろうとする背を止めた治長の声を、みずからの言葉で止め、淀は肩越しに息子と腹心を見下ろした。

「その時じゃ」

言い終えぬうちに二人から視線を逸らし、崩れた部屋に集う大勢の男と女を掻き分け、淀は一人寝所に入った。

この夜、京極高次の子、忠高《ただたか》の陣所にて、最初の和睦交渉が執り行われた。大坂方の代表を常高院と大蔵卿局が務め、徳川方は家康の側室、阿茶局が務めた。話し合いは二日にわたって行われ、双方の言い分を擦り合わせ、和議は成った。

大坂城に集った牢人たちの罪は問わず、秀頼の領地はこれまで通り安堵する。淀の方が人質として江戸に下向する必要もない。また、秀頼が大坂を出て他の領地を希望するならば、速やかに用意する。

これ以上ない程に豊臣家に譲歩した条件であった。

ただひとつを除いては……。

大坂城の二の丸、三の丸の石垣、櫓などいっさいを取り壊し、堀は埋め立て、本丸のみとする。

惣構えである大坂城を丸裸にする。それが、徳川方が唯一主張した条件であった。

これを秀頼は飲んだ。

そして和議は成ったのである。

だが、豊臣と徳川の遺恨はなにひとつ片付いてはいない。

まだ。
戦は終わってはいなかった。

《二〇二三年内刊行予定『戦百景　大坂夏の陣』に続く》

○主な参考文献

『日本の戦史　大坂の役』　旧参謀本部編纂　徳間文庫カレッジ刊
『戦争の日本史17　関ヶ原合戦と大坂の陣』　笠谷和比古著　吉川弘文館刊
『敗者の日本史13　大坂の陣と豊臣秀頼』　曽根勇二著　吉川弘文館刊
『関ヶ原から大坂の陣へ』　小和田哲男著　新人物往来社刊
『後藤又兵衛　大坂の陣で散った戦国武将』　福田千鶴著　中公新書刊
『ここまでわかった！　大坂の陣と豊臣秀頼』　歴史読本編集部編　新人物文庫刊
『大坂の陣　秀頼七将の実像』　三池純正著　洋泉社刊
『別冊歴史読本56　戦況図録　大坂の陣』　新人物往来社刊
『歴史群像シリーズ40　大坂の陣』　学習研究社刊
『決定版　大坂の陣　歴史検定公式ガイドブック』　北川央監修　世界文化社刊

本書は文庫書下ろし作品です。

|著者|矢野 隆　1976年福岡県生まれ。2008年『蛇衆』で第21回小説すばる新人賞を受賞。その後、『無頼無頼《ぶらぶら》ッ！』『兇』『勝負《ガチ》！』など、ニューウェーブ時代小説と呼ばれる作品を手がける。また、『戦国BASARA3　伊達政宗の章』『NARUTO－ナルト－　シカマル新伝』『THE LEGEND & BUTTERFLY』といった、ゲームやコミック、映画のノベライズ作品も執筆して注目される。'21年から始まった「戦百景」シリーズ（本書を含む）は、第４回細谷正充賞を受賞するなど高い評価を得ている。また'22年に『琉球建国記』で第11回日本歴史時代作家協会賞作品賞を受賞。他の著書に『清正を破った男』『生きる故』『我が名は秀秋』『戦始末』『鬼神』『山よ奔《はし》れ』『大ぼら吹きの城』『朝嵐《あさあらし》』『至誠の残《ざん》滓《し》』『源匣記《げんこうき》　獲生伝《かくしようでん》』『とんちき　耕書堂青春譜』『さみだれ』『戦神《いくさがみ》の裔《すえ》』などがある。

戦百景《いくさひゃっけい》　大坂冬《おおさかふゆ》の陣《じん》

矢野《やの》 隆《たかし》

講談社文庫
定価はカバーに
表示してあります

2023年７月14日第１刷発行

発行者──鈴木章一
発行所──株式会社　講談社
東京都文京区音羽2-12-21　〒112-8001
電話　出版（03）5395-3510
　　　販売（03）5395-5817
　　　業務（03）5395-3615

KODANSHA

Printed in Japan

デザイン─菊地信義
本文データ制作─講談社デジタル製作
印刷───株式会社KPSプロダクツ
製本───株式会社国宝社

ISBN978-4-06-532477-6

講談社文庫刊行の辞

二十一世紀の到来を目睫に望みながら、われわれはいま、人類史上かつて例を見ない巨大な転換期をむかえようとしている。

世界も、日本も、激動の予兆に対する期待とおののきを内に蔵して、未知の時代に歩み入ろうとしている。このときにあたり、創業の人野間清治の「ナショナル・エデュケイター」への志を現代に甦らせようと意図して、われわれはここに古今の文芸作品はいうまでもなく、ひろく人文・社会・自然の諸科学から東西の名著を網羅する、新しい綜合文庫の発刊を決意した。

激動の転換期はまた断絶の時代である。われわれは戦後二十五年間の出版文化のありかたへの深い反省をこめて、この断絶の時代にあえて人間的な持続を求めようとする。いたずらに浮薄な商業主義のあだ花を追い求めることなく、長期にわたって良書に生命をあたえようとつとめるところにしか、今後の出版文化の真の繁栄はあり得ないと信じるからである。

同時にわれわれはこの綜合文庫の刊行を通じて、人文・社会・自然の諸科学が、結局人間の学にほかならないことを立証しようと願っている。かつて知識とは、「汝自身を知る」ことにつきていた。現代社会の瑣末な情報の氾濫のなかから、力強い知識の源泉を掘り起し、技術文明のただなかに、生きた人間の姿を復活させること。それこそわれわれの切なる希求である。

われわれは権威に盲従せず、俗流に媚びることなく、渾然一体となって日本の「草の根」をかたちづくる若く新しい世代の人々に、心をこめてこの新しい綜合文庫をおくり届けたい。それは知識の泉であるとともに感受性のふるさとであり、もっとも有機的に組織され、社会に開かれた万人のための大学をめざしている。大方の支援と協力を衷心より切望してやまない。

一九七一年七月

野間省一